U0065942
Altair
美國企業「IO TAGE」在山梨縣希望市新設立的大型娛樂設施。此設施最大的特徵是能夠遊玩世界上首款完全潛行VRMMO-RPG「Actual Magic」。
惡魔紋章
Demons'Crest
1
現實の侵蝕
川原 礫 插畫 堀口悠紀子
設定協力／Whomor

「我們全班都能參加完全潛行ＶＲＭＭＯ的遊戲測試……？」
［蘆原佑馬］

[茶野水凪]
[蘆原佐羽]
[近堂健兒]
「好像作夢一樣……！」

「沒有登出的按鍵喔。」
「也就是說——」

WEAPON
MAP-01
MAP-02
FRIEND
「沒有靠自己的意志從Calliculus
……Actual Magic離開的方法對吧？」

「快想啊。想出打倒那隻怪物的方法——」
「咕噗、咕噗哦！」

「——我來吸引牠的注意！」
「近健從旁邊加以牽制！」
「尖頭巨怪」

最新娛樂設施
Altair 樓層地圖

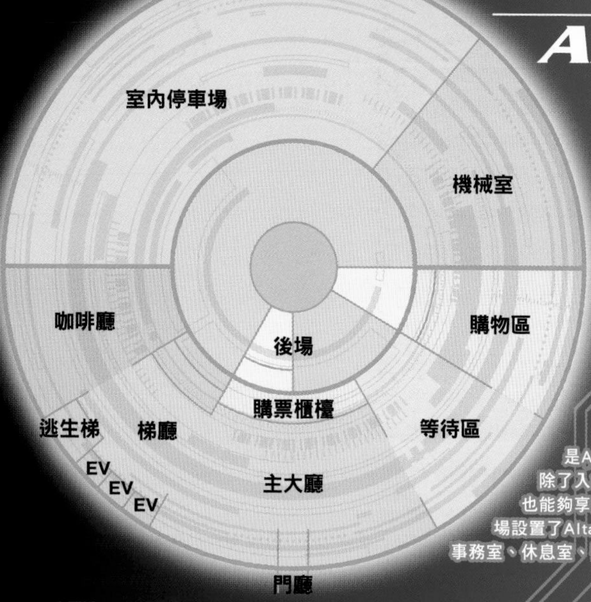

1F

是Altair的入口樓層。除了入館購票櫃檯之外，也能夠享受購物與輕食。後場設置了Altair工作人員使用的事務室、休息室、醫務室、廁所以及倉庫等等。

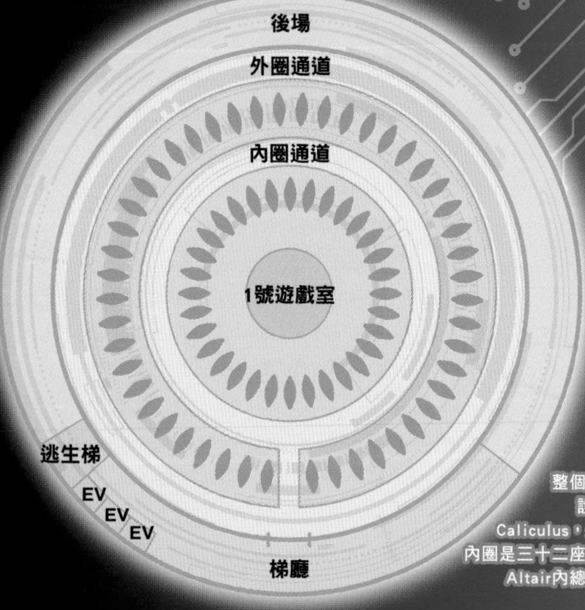

2F

整個樓層都是遊戲室。設置在1號遊戲室的Caliculus，外圈是四十八座，內圈是三十二座，總共有八十座。Altair內總共有九間遊戲室。

這是遊戲，同時也是現實。

惡魔紋章
Demons' Crest
現實的侵蝕

1

川原 礫

插畫 堀口悠紀子

Caliculus

能夠完全潛行至虛擬世界的膠囊型主機。製造商是「IO TAGE」。潛行中意識將與肉體分離，此時肉體將無法行動。

設定協力／Whomor

雪花小學六年一班　點名簿

Ver.1.0

女生

導師　蝦澤友加里

座號	姓　名	性別	職　業	備　考
1	蘆原佐羽	女	魔術師	蘆原佑馬的雙胞胎妹妹。
2	飯田可南實	女	不　明	隸屬於游泳社。
3	江里唱子	女	不　明	個性溫吞。
4	見城紗由	女	不　明	將來的夢想是成為偶像。
5	茶野水凪	女	僧　侶	蘆原兄妹的青梅竹馬。
6	清水友利	女	不　明	圖書股長。
7	下之園麻美	女	不　明	喜歡黑魔術。
8	曾賀碧衣	女	不　明	擅長製作點心。
9	近森咲希	女	不　明	崇拜時髦的藤川憐。
10	津多千聖	女	不　明	飼育股長。
11	寺上京香	女	不　明	一班女生的領袖。
12	中島美鄉	女	不　明	隸屬於芭蕾舞社。
13	主代千奈美	女	不　明	一班的女生裡個子最小。
14	野堀君子	女	不　明	喜歡哥德蘿莉裝扮。
15	針屋三美	女	不　明	老家在京都，喜歡和菓子。
16	藤川憐	女	不　明	對綿卷澄香抱持對抗心的美少女。
17	邊見花梨	女	不　明	喜歡占卜。
18	三園愛莉亞	女	魔術師	一班女生裡最像辣妹。
19	目時志壽	女	不　明	正在學習劍道。
20	湯村雪美	女	不　明	討厭自己，希望能夠改變。
21	綿卷澄香	女	僧　侶	是班上眾人的偶像。

FRIEND

男生

座號	姓　名	性別	職　業	備　考
22	會田慎太	男	不　明	喜歡卡片遊戲。
23	蘆原佑馬	男	魔物使	學業與運動方面都很普通。
24	大野曜一	男	不　明	籃球社的隊長。
25	梶明久	男	不　明	想成為直播主。
26	木佐貫櫂	男	不　明	隸屬於足球社。
27	近堂健兒	男	戰　士	蘆原佑馬的好友。
28	須鴨光輝	男	戰　士	足球社隊長兼班長。
29	瀨良多可斗	男	不　明	喜歡滑板。
30	瀧尾昌人	男	不　明	喜歡動畫、遊戲、漫畫。
31	多田智則	男	不　明	喜歡卡片遊戲，跟會田慎太是好友。
32	遠島修太郎	男	不　明	從事虛擬貨幣的交易。
33	二木翔	男	不　明	跟灰崎伸是好友，成績優秀。
34	布野龍吾	男	不　明	跟目時志壽在同一間劍道場學習。
35	灰崎伸	男	不　明	學年第一名的秀才。
36	穗刈陽樹	男	不　明	喜歡滑板，跟瀨良多可斗是好友。
37	三浦幸久	男	不　明	隸屬於籃球社。
38	向井原廣二	男	不　明	具備編輯影片的技能。
39	諸雄史	男	不　明	喜歡聲優。
40	八橋惠之介	男	不　明	市議會議員的兒子。
41	若狹成央	男	不　明	軍事宅。

1

打開眼睛也看不見任何東西。

雖然不停眨眼睛，視力卻完全無法回復。只聽見自己特別巨大的急促呼吸聲與心臟鼓動聲。似乎躺在某種柔軟的東西上面，不過跟身體熟悉的自身床鋪的感觸又不太一樣。

恐慌的預兆揪緊胸口，變成冰冷的液體擴散到全身，讓手掌與腳掌全都是汗水。

繼續不停眨著雙眼，同時拚命轉動腦袋。

自己的名字是……佑馬。蘆原佑馬。十一歲。雪花國小的六年級學生。

日期與時間是……二〇三一年，五月十三日，星期二的……大概是下午吧。

然後，這裡是………

緊握濡濕的雙手，試著要回溯記憶，連為什麼處身於這樣的黑暗當中都不清楚。確實——發生了某種事情。不是在這裡，是在更加明亮且熱鬧的地方……發生了些什麼。

突然間，幾幅情景在腦袋裡連續復甦。

一望無際的草原。開心地笑著的女孩。鮮豔到讓人感到恐懼的藍天。

那片天空突然發光……然後。

「啊……啊啊啊！」

佑馬發出沙啞的叫聲，同時本能地舉起雙手，試著要保護自己的頭部。

指尖觸碰到身體上方的某個東西。

嚇得把手縮了回來，然後畏畏縮縮地再次觸碰。

內側張貼著薄薄軟墊，微微彎曲的牆壁——不對，是蓋子。簡直就像是繭一樣的某種東西包裹住佑馬的全身。

領悟到該物體是什麼的瞬間，佑馬終於回想起自己在什麼地方。

這裡是「Caliculus」裡面。

這種膠囊型完全潛行機器能夠給予收容在裡面的人虛擬體感，並且讀取從腦部輸出的運動命令。

沒錯……佑馬是自願進入這個膠囊裡面來享受遊戲。那是一款以虛擬世界為舞台的真正VRMMO-RPG。

雖然不清楚為什麼Caliculus會斷電，但內部應該有緊急逃生用的拉桿才對。佑馬一邊回想因為太過興奮而幾乎左耳進右耳出的遊戲前導說明，一邊把手伸向膠囊的左下方附近。

在彎曲的壁面摸索後，指尖就摸到像是汽車門把形狀的拉桿。畏畏縮縮地握住，按照前導說明按下拉桿前端的解鎖按鍵。

再來就只要拉動拉桿，膠囊的蓋子就會打開。

或許是自己想太多吧，用力吸了一口氧氣似乎變稀薄的空氣，接著佑馬就拉下拉桿。

這個時候，感覺遠方某處傳來叫聲般的聲響。

不對，距離不是太遠。Caliculus的膠囊設計上應該是幾乎完全隔音才對。能貫穿這樣的牆壁還讓人聽見，應該是外面的近處有人在大叫。而且是以宛如悲鳴的巨大聲音。

依然以滿是汗水的左手握著拉桿，佑馬豎起了耳朵。但等了幾秒鐘都再也聽不見聲音了。

外面，不對，是這整個設施到底發生了什麼事？

還是別打開蓋子比較好。突然間被這樣的預感侵襲，佑馬的手差點要放開拉桿。

但他馬上就重新握好。

自己不光只是到這棟建築物——新設於山梨縣希望市的大型娛樂設施「Altair」來玩。佑馬就讀的市立雪花國小六年一班的所有學生是被招待來參加開幕活動。

今天在兩名教師帶領下，搭乘租借的巴士到Altair訪問的學生，包含佑馬在內共有四十一人。其中也有好友近堂健兒、家住在隔壁的青梅竹馬茶野水凪，以及佑馬的雙胞胎妹妹佐羽。

其他也有許多大人參加這次的活動，如果這樣的異常事態波及整個設施，那就有無暇顧及眾學生的可能性。乖巧的水凪可能正在哭泣，至於好勝的佐羽可能隨便亂闖。可不能把那兩個人交給個性隨興的健兒。

下定決心後，佑馬這次真的拉下了緊急逃生用的拉桿。

隨著「喀咚」的聲音解鎖，Caliculus的蓋子稍微打開了幾公分。原本一片漆黑的膠囊內透入些許光線，佑馬這才吐出屏住的氣息。

橘色微弱的光線應該是緊急照明吧。看來整棟建築物真的都停電了。想先吸口新鮮空氣的佑馬把鼻子靠近蓋子的縫隙。

下一個瞬間——

「…………嗚！」

佑馬忍不住繃起了臉。

冰冷的空氣裡帶著奇怪的味道。雖然不是令人捏鼻的惡臭，不過是某種帶有腥味，而且會直接竄入鼻腔深處揮之不去的鏽味。忍受著些許噁心感再次豎起耳朵，但已經聽不見其他人的聲音。

佑馬下定決心，用右手把膠囊的蓋子往上推。蓋子隨著油壓阻尼器的運作聲抬起，視界跟著變開闊。

從墊子上緩緩撐起身體。

最初看見的是位於膠囊正面五公尺左右，略為彎曲的牆壁。在緊急照明的淡淡燈光照耀下，可以看到牆壁上印著大大的「ＰＬＡＹＲＯＯＭ　01」等幾個字。

記得Altair裡面共有九間遊戲室，設置了八十座Caliculus膠囊，佑馬他們被帶到地上二樓的1號遊戲室裡。

接著往左右兩邊看去。結果兩側全都是朝外整齊排列著的膠囊，外表就跟佑馬原本躺的一模一樣。

記得遊戲前導說明時曾經聽過Calicullus是「花蕾」的意思，而把確實讓人聯想到百合科植物花蕾的細長膠囊配置成圓形的模樣，讓整體看起來就像是一朵花。但剛進入這個房間時，在明亮燈光下發出純白光芒的Calicullus，這時在緊急照明的橘色燈光照耀下，卻讓人感覺像是昆蟲的蛹。

光是在能見的範圍內就排著二十個以上的膠囊，大約有七成的蓋子已經打開，剩下的則還是關閉狀態。而且不知道發生了什麼事，打開的膠囊有幾個受到嚴重的損傷。

佑馬右邊原本是健兒使用的膠囊蓋子已經打開，裡面空無一人。左手邊佐羽跟水凪分配到的兩台則都還是關閉狀態，從外面無法得知兩個人是不是還在裡面。至少可以確定三座都沒有損壞。

繼續移動視線。

直徑達三十公尺的最大1號遊戲室裡，包含六年一班的學生在內應該有八十名玩家，但現在看不見其他人的模樣也沒有任何聲音。甚至會覺得剛才的叫聲只是自己聽錯了，但空氣中確實飄盪著濃密的鐵鏽味。

——還是先打開佐羽跟水凪的Caliculus吧。

這麼想的佑馬將腳伸向膠囊的左側，然後穿上排在該處的運動鞋。抓住扶手，迅速站起來的瞬間，就有一陣輕微的暈眩感襲來。等待它平息後，就慎重地走下Caliculus寬六十公分左右的升降梯。

在升降梯前端停下腳步，環視了一下眼睛下方的通道，果然沒有任何人的身影。佑馬下意識中躡手躡腳地走下短短的梯子。

鋪著橡膠墊的通道上散落著塑膠碎片與金屬管等物體，應該是來自遭到破壞的Caliculus吧。佑馬一邊避開這些東西，一邊走到左邊的Caliculus前面。

Caliculus或許是顧慮到使用者的隱私，因為設置在距離地板大約兩公尺左右的地方，所以身高一百五十二公分的佑馬就算踮腳尖也碰不到。為了操作膠囊側面的緊急逃生拉桿，就必須爬上升降梯。為了先打開妹妹佐羽的膠囊，佑馬準備爬上梯子——就在這個時候。

感覺聽見「啪嚓」的潮濕聲音，於是佑馬就把身體轉向左邊。

「啊…………」

從喉嚨發出沙啞的聲音。

微微彎曲的通道深處，距離十幾公尺外的地方站著某個人。

在微暗的緊急照明底下幾乎只能看見剪影，不過下半身總算是能夠辨認出來。只看見修長的腳包裹在及膝的黑色襪子底下，腳上沒有穿鞋子。纖細的膝蓋上方可以看到雪花國小制服的白色百褶裙裙角。上半身籠罩在黑暗當中而完全看不見。

但是佑馬光從氛圍就知道對方的名字了。

六年一班，座號二十一號，綿卷澄香。

不只有一班，連五年級與四年級應該都找不到對澄香沒有興趣的男生。長得可愛、聰明、溫柔，而且還是大出版社流行雜誌的模特兒。面對澄香光是站在眼前就會讓人腦袋一片空白的美貌，能夠絲毫不為之著迷的小學男生根本就不是真正的小學男生。

不過佑馬不像班上大部分男生那樣抱持著「能幸運地成為她男友……」的巨大野心，只是在精神上與物理上都保持距離來悄悄地觀賞她。至少自己是如此相信。四年級的時候，在學校弄丟「ＱＬＥＳＴ」的接目鏡而感到困擾，她幫忙自己尋找時確實就變成了特別的存在，不過絕對不是什麼單戀……應該吧。大概啦。

不論如何，光是看見黑色高腳襪就確信是澄香的佑馬，離開階梯回到通道中央。

「綿……綿卷同學……？」

叫完名字的時候，佑馬就注意到不只是遊戲室的照明，連貼在左手上的「ＱＬＥＳＴ」的電源都關上了。

ＱＬＥＳＴ是以生物電勢來驅動的薄膜型裝置，所以不可能沒電，也不記得自己曾經把電源關上。

以右手食指長按著ＱＬＥＳＴ中央，佑馬同時往澄香靠近一步。

同一時間，澄香也往前進。

黑色襪子發出「啪嚓」的聲音。

「…………？」

凝眼一看之下，發現澄香的腳邊有一灘黑色液體。

雖然心想「是油還是什麼的嗎」，但是沒有化學的揮發性氣味。相對地再次飄盪之前那種鐵鏽味，佑馬忍不住繃起臉來。

啪嚓。

澄香的腳再次往前走了一步。

從天花板照耀下來的緊急照明，朦朧地照耀出她的胸口附近。可以看到比男生制服稍短的淺藍色外套以及胭脂色領帶。但雙方都濺到了一點一點的黑色液體。

——不對。

緊急照明是暗橘色所以看起來才是黑色……那說不定是血。澄香她受傷了嗎？

「綿……綿卷同學……妳沒事吧？」

佑馬邊以沙啞的聲音呼喚邊繼續靠近。雖然距離已經不到十公尺，但不知道為什麼覺得澄香特別遙遠。

平常總是一秒鐘就會結束的ＱＬＥＳＴ起動程序，也不知道為什麼遲遲沒有完成。戴在雙眼的接目鏡連上線的話，就能使用夜視補正機能了。

澄香靜靜地站著，仍看不見她的臉。

但她的右手似乎握著什麼東西。

中央稍微彎曲，又白又粗的棒狀物體。然後前端也不停滴下黑色液體。

棒狀物的那種圓潤線條實在不像工業製品。簡直就像生物……人類的手臂一樣。從肩膀被扯下來的，小孩子的手。

佑馬感受著腦袋中心發麻的感覺，同時凝視著澄香的左手。想像著她不會是拿著自己因為Altair發生事故而遭到切斷的手吧。不過立刻就鬆了一口氣。她的左手還好好地在那裡。

——不過，這樣的話，那又是誰的手臂呢？

「……綿……卷……同學……？」

從佑馬口中發出的聲音，細微且發抖到連他自己都感到驚訝。

或許是對呼喚產生反應吧，澄香繼續往前走了一步，進入緊急照明的光線當中。

深深垂下的臉龐因為暗影而看不清楚。但是，好像……有點奇怪。除了右手抓著某個人的手臂，以及飛濺到制服上的血液般汙點之外，還有種難以形容的異樣感覺從澄香的站姿散發出來。

這個時候，ＱＬＥＳＴ終於起動，接目鏡的夜視補正機能自動打開。緊急照明的光線受到增幅，視界變得清晰。

簡直就像察覺到這件事一樣，澄香急遽抬起頭來。

在柔順瀏海底下的那張臉龐——

佑馬為了發出悲鳴而發出「咻咻」聲來吸入空氣。

在時間被拉得又細又長，一切全部靜止的一瞬之中，佑馬終於回想起來了。在Caliculus裡即將醒過來前發生的事情。

以及在世界第一款完全潛行型ＶＲＭＭＯ-ＲＰＧ「Actual Magic」的遊戲測試裡究竟發生了什麼事。

2

「小佑！到那邊去嘍！」

好友近堂健兒——近健的聲音，讓佑馬重新握好右手的短劍。

在覆蓋著一片短草的原野正中央。周圍不存在會絆住腳步的岩石或者水窪。要是在如此絕佳條件下還是失敗的話，就會被在稍遠處看著一切的妹妹佐羽以及青梅竹馬水凪恥笑。

「ＯＫ，交給我吧！」

對近健這麼大叫，然後凝視一直線朝這裡突進的小小影子。

遊戲開始到現在已經過了兩個小時，佑馬終於逐漸理解完全潛行環境下的活動方式。

這個世界——「Actual Magic」實在太過於真實了。不只是藍天白雲、遠方連綿不絕的淡紫色山脈，以及綠色草原等風景，連撫摸著肌膚的冷風、雙腳踩踏的地面帶來的緊實感，都具備跟現實世界幾乎沒有差別的精細度。視覺是靠ＱＬＥＳＴ的接目鏡，聽覺則同樣是靠耳機，至於觸覺與平衡感則是由Caliculus輸入，卻完全沒有不對勁的感覺，這實在太驚人了。

由於實在無法認為這是數位檔案建構起來的世界，所以佑馬至今為止都忍不住想採取跟現實世界一樣的方式來活動。但這是錯誤的。這個世界的佑馬比現實的自己更加敏捷、強壯，稍微跌倒根本就不會受傷。由於Calculus將意識跟現實的肉體分離，所以不會發生手腳碰撞膠囊內側的情形。

所以應該消除心理上的設限，以挑戰系統運動能力極限的想法來全力展開行動。不這樣的話根本就無法勝過怪物。

「嗚啾啾！」

發出尖銳叫聲並且猛衝過來的是體高將近六十公分的淡藍色兔子。在Actual Magic裡似乎被分類為小型怪物，但是軀體跟水凪——小凪家飼養的聖伯納犬「唐唐」差不多。而且藍色兔子的額頭上還凸出一根巨大蘿蔔般的銀角。被那種長度的角刺中肚子的話，應該會直接穿透到背部吧。

恐懼心再次湧現，佑馬以左手護住自己的肚子。但是這麼做的話，就無法使用花了一個小時學會的魔法。至少不要只靠薄弱的皮鎧，能夠穿上跟近健一樣的金屬鎧甲就好了……心裡雖然這麼想，但選擇後衛職業的是佑馬自己。事到如今已經無法抱怨。

而且說起來這隻藍色兔子並不是要攻擊佑馬。

兔子頭上顯示著「巨角兔」這樣的專有名詞，以及減少八成而變紅的ＨＰ條。被近健的雙手劍逼入瀕死狀態，逃到了佑馬正在等待的地方。

真不愧是野生兔子，正以不符合怪物很鈍重般軀體的速度猛衝過來。距離瞬間剩下不到三十公尺。但是佑馬想使用的魔法，射程距離只有十公尺，所以還必須忍耐。

「啁啾咿！」

再次發出鳴叫聲的兔子，看見佑馬後就把前進方向轉為左邊。

「可惡！」

咒罵了一聲後，佑馬也開始跑了起來。兔子更加提升速度，追上去的佑馬也拚命動著腳。

第一次的挑戰在幾乎相同的情況下被石頭絆倒，第二次則因為太過小心翼翼地奔跑而被逃走。當然還是得小心不撞上障礙物，不過更重要的是將虛擬角色的能力發揮到極限。雖然在現實世界不擅長運動，但不需要把負面意識帶到這個世界來。

——別害怕！應該能跑得更快！

佑馬在腦袋裡如此鼓勵自己，同時全力往地面踢去。

身體「呼」一聲開始加速。風在耳邊怒吼。雖然眼睛因為現實世界沒有體驗過的速度而暈眩，但還是咬緊牙根繼續衝刺。

「加油啊，小佑！」「還差一點～！」

佐羽跟小凪的聲音從後面迫近。即使心裡想著「好丟臉」，佑馬還是將身體更加往前傾。慢慢接近逃走的兔子。目測距離剩下不到十五公尺。在這個時間點將空著的左手朝著兔子伸出。

接下來就是關鍵。必須流暢地唸出背下來的四個咒文。

「Tenebris（黑暗啊）！」

首先叫出「屬性詞」，攤開手指的左手前方就出現濃濃的藍紫色光球。

「Capere Anima（成為魂之獵手）！」

然後叫出接下來的兩句「型態詞」。光球開始變形，變成比左手大出數倍，並且長著長長鉤爪的幻影手。

同時視界中央出現十字形瞄準線。微微動著左手，把瞄準線對準兔子身體的中心。

同時距離已經剩不到十公尺。心裡默念著「這次一定要成功！」的佑馬第三次發出叫聲。

「Ignis（飛吧）！」

「發動詞」伴隨著些許回音響起。發出藍紫色光芒的手發射出去，接近藍色兔子，像是要一把抓起牠圓滾滾身體般合起手指——

砰哇！

兔子的身體隨著這樣的效果音變成一陣藍煙消失了。

「成……成功了！」

這麼大叫的瞬間，佑馬的腳就絆到地面的凹陷處而跌倒。臉整個衝進草原裡，然後直接誇張地滾了好幾圈。結果當然不可能毫髮無傷，浮在視界左上的自身HP條稍微減少，不過這只是輕微的代價。

啪一聲迅速起身，然後順勢仰頭看向正上方。

結果可以看到某樣發出亮光落下的東西。

那是一張比撲克牌大上一圈的卡片。丟下原本握在右手的短劍，用雙手接住那張卡片。光芒在手中發出細微聲音後消失了。

卡片是以紫色透明的不可思議材質製作，表面畫著藍色兔子的全身線稿，下方也刻上了「巨角兔」的名字。

「太……好了啊啊啊啊——！」

佑馬一邊將拿著卡片的左手與緊握的右手往上舉，一邊用現實世界幾乎沒有發出過的音量大叫著。

這正是職業選擇「魔物使」的佑馬專屬的能力。能以捕獲咒文抓住怪物，將其變化成卡片。雖然這在至今為止玩過的家用主機與QLEST用的RPG裡也經常出現，已經可以說是不足為奇的職業，但沒想到實際要抓住怪物竟是如此困難。不對，Actual Magic也是遊戲，所以「實際」這個說法並不正確，不過可以確定比其他遊戲都要辛苦。

「成功了呢，小佑！」

往傳出這道聲音的方向看去，就看到揹著大劍的近健一邊豎起雙手的大拇指一邊走過來。

以小學六年級來說算是高大的身軀、尖刺狀短髮都跟現實世界的近健一模一樣。而且連略顯成熟的長相也十分相似。這個虛擬角色裝備著誇張的金屬鎧與雙手劍，外表完全就是一名戰士。

握住近健伸過來的手，站起身子後，佑馬就跟好友擊掌——由於左手還拿著怪物卡片，所以就只有右手互擊。

「謝謝你完美的輔助。」

佑馬道完謝後，近健就咧嘴露出燦爛的笑容。

「對吧對吧。要調整減少ＨＰ的Ｍｏｂ逃走的方向，其實很需要技術喲。」

從後方跑過來的兩個女孩子出聲擊落了如此老王賣瓜的近健。

「少自以為了不起了！」

「成功率只有一半而已吧～」

回頭一看之下，佐羽跟小凪正悠然靠了過來。

雙胞胎妹妹佐羽選擇的職業是擅長攻擊咒文的魔術師。青梅竹馬小凪選擇的是使用回復咒文的僧侶。雖然兩者都是遊戲相當常見的職業，但是跟近健一樣與本人容貌相似的虛擬角色，以及穿著極具魔法師氣氛的長袍等等都讓人感到新鮮，老實說甚至覺得有點可愛。

——不對不對，佐羽是從出生就一直在一起的任性妹妹，對小凪也不是那種感情！

佑馬一邊這麼對自己說道，一邊用右手對兩人打手勢。

「久等了，終於拿到嘍。」

舉起拿在左手上的紫色卡片後，兩個女生就以興致勃勃的模樣窺看起卡片。

「哦……這就是怪物卡嗎？上面確實畫著兔崽子的畫。」

「什麼兔崽子，我說妳啊……」

原本想抱怨妹妹粗魯的用詞遣字，但小凪的臉突然從旁邊靠近，於是反射性閉上嘴巴。

佐羽有著講好聽一點是凜然，講難聽一點是嚴厲的容貌，不過小凪的長相就很乖巧且溫和。明明從快要懂事時開始，看見這張臉的次數就比自己的臉還要多，但最近在沒有心理準備的情況下被小凪靠近的話，佑馬的思考迴路就會出現微妙的錯誤。

似乎不在意佑馬這樣的反應，小凪以平常那種軟綿綿的笑容表示：

「小佑，你試著召喚看看嘛～」

「咦，太突然了吧？」

「因為遊戲測試還有五十分鐘就要結束了啊～」

「嗚咿，真的假的！」

這麼大叫的是近健。一看視界右下方的時刻顯示，確實顯示著下午兩點十分。

「糟糕，我跟須鴨他們打賭誰能比較快打倒魔王了。」

「你又做這種事……賭了什麼？」

佐羽一問之下，近健的虛擬角色就在額頭流下冷汗的情況下表示：

「……明天營養午餐的巧克力布丁……」

「唉～我不管嘍。我可不會分給你。」

面對笑容滿面的佐羽，近健又小聲加了一句：

「……四人份。」

「…………啥？什麼啊啊啊——————！」

發出尖叫的佐羽一抓住近健的領子，接著就以一隻纖細的右手吊起身穿金屬鎧甲的戰士。

「喂喂，近堂健兒。你為什麼擅自賭上我們的布丁！」

「抱……抱歉。我願意道歉，不過在遊戲裡別直接叫出真實姓名！」

小凪在手足無措的近健附近發出「哎～呀呀～」的悠閒聲音，佑馬則是深深嘆了一口氣。

「……你搞砸了，近健。在佐羽監製的『營養午餐甜點排行榜　２０３１』裡面，巧克力布丁是暫定第一名喔。」

「喂！」

丟下吊起的近健，佐羽朝著佑馬逼近。

「哥哥你不要多話啦！」

由於是雙胞胎，所以佐羽平常跟朋友們一樣使用「小佑」這個稱呼，但一著急就會跟兒時一樣叫出「哥哥」，這時佑馬雙手把她推回去並且表示：

「哎呀，等事後再來追究近健的不是，現在應該試著積極地解決問題吧。喂，近健。打賭贏了的話，我們也能得到四個布丁對吧？」

佑馬一把視線移過去，跌坐在草原上的戰士就不停地點頭。

「那……那是當然了。我們能夠得到須鴨他們小隊四個人的布丁喲。」

「…………哦？」

佐羽收起憤怒的氣息……

「這很不錯呢～」

小凪則是露出微笑。

暫時成功消彌妹妹怒氣的佑馬急忙舉起右手，在空中合攏五根手指後再次迅速攤開。

「啾鈴」的效果音響起，空中浮現選單畫面。雖然類似現實世界中熟悉的QLEST全息圖視窗，但是奇幻世界裡出現扁平化設計的UI多少還是覺得有點奇怪。然而這個「Actual Magic」是遊戲，所以選單畫面是必須的機能。

移動到地圖標籤，顯示鄰近的地圖後，三個人就把臉湊在一起。

「嗯……這裡是最初的城市，然後這裡是我們所在的草原對吧？而魔王所在的迷宮在這裡……」

近健在地圖上移動手指，結果佐羽就發出不像女孩子的咂舌聲。

「嘖，距離迷宮還有很長一段距離。剩下五十分鐘能不能抵達魔王所在的地方真的很難說……」

「而且也要突破迷宮的時間吧～」

小凪以沉穩的聲音冷靜地指出重點。

把視線從地圖移到遠方的山脈後，佑馬開口表示：

「雖然確實有點難度，但我們的等級在這片草原也得到充分的提升了。而且須鴨他們應該幫忙掃除了迷宮內的怪物，只要猛衝的話還是有可能追上他們！」

「我說小佑……」

佐羽從小就跟佑馬一起玩各種遊戲，現在已經變成比他還要厲害的ＭＭＯ玩家，這時佐羽冷靜地指出重點。

「不可能在不清楚道路的迷宮裡猛衝吧。拖了一大堆Ｍｏｂ，要是碰到死路就只會落得全滅的下場。」

「嘖嘖……」

刻意發出咂舌聲並且左右晃動食指後，佑馬再次對其他三個人展示了一直拿在左手上的紫色怪物卡片。

「我之所以不選城市周邊出現的簡單怪物，而特地捕捉這隻麻煩死人的藍色兔子，理由就是……嗚咕！」

側腹部被佐羽戳了一下，雖然不覺得疼痛，但內臟確實感受到衝擊而忍不住發出呻吟。

「快點說結論！沒時間了喔！」

「嗚嘻嘻，羽仔還是一樣性急……嗚咕！」

說出低年級時綽號的近健也因為吃了一記肝臟攻擊而說不出話來。佑馬便趁隙快速說明著：

「那個，藍色兔子……不對，是巨角兔具有『隧道探索(Tunnel Search)』的能力……」

「我說啊～佑馬。到達目的地後才開始說明可能比較好喔～？」

聽見小凪的建議後，佑馬先是閉上嘴巴，然後才點頭說了句「有道理」。

從以前開始，這四個人一起行動的時候，佑馬通常會負起像是司令塔般的責任，不過緊要關頭發揮出正確判斷力的大多是小凪。

——明明外表看起來像吉祥物。

心裡想著這種非常失禮的事情，同時拉起仍在呻吟的近健，然後指著最後魔王的迷宮所在的方向。

「好吧，那我們就先移動吧。路上極力迴避怪物，就算被盯上也用衝刺來甩掉！」

「好耶！」

「是是是。」

「加油吧～」

不理會發出不同興奮度聲音的三個人，大叫完「出發！」之後，佑馬就開始朝草原的北邊跑去。

或許是用了兩小時的練功來提升了基礎能力，又或許是託剛才戰鬥而開竅的虛擬角色操縱法的福，佑馬沒有落後其他三個人——甚至經常快要拋下他們就跑完了抵達迷宮為止的大約五公里距離。

越過草原，剛剛進入森林時就幸運地遇見了行商人ＮＰＣ，把狩獵賺來的錢幾乎花光來更新了裝備。佐羽跟小凪原本想好好地挑選，但在兩個男生不停催促下，終於只花了最低限度的時間就完成了購買。

下午兩點二十五分——距離打著社會科校外教學名義的遊戲測試結束的下午三點還有三十五分鐘。

佑馬他們的小隊抵達最終目的地，也就是森林當中的古城。

長滿青苔的古城雖然是到處可見崩壞的半廢墟狀態，但根據發給所有測試玩家的導覽，城堡的一樓是迷宮入口，地下似乎是三層構造的廣大迷宮。

同為測試玩家的男女老幼虛擬角色不停超越在古城前面暫時停下腳步的佑馬他們。散布在地圖各處的大約七百人以上的玩家，現在大概漸漸集合起來了吧。

「……那個……我覺得……」

佐羽以指尖靈活轉動魔法杖並且開口說著。

「在跟須鴨他們分出勝負之前，魔王應該早就被其他人打倒了吧……？」

「咦～真不像小羽耶～」

小凪以平常那種軟綿綿的口氣點出了佐羽的錯誤。

「導覽裡面寫著這次的遊戲測試裡，魔王房間是即時的喔～」

「即……即食？是加熱水後三分鐘就能吃嗎？」

雖然喜歡電玩遊戲，但是對於ＭＭＯＲＰＧ相當生疏的近健說出這種沒頭沒腦的評語後，佐羽就刻意嘆了一口氣。

「唉……我看你還是重讀一遍小學比較好。」

「本……本來就是小學生了……」

「所謂的即時地圖呢，是只有自己或者參加的小隊能攻略的地圖。這次的話，是突破迷宮，通過魔王房間的入口就會傳送到專用的地圖喔。」

聽完指出自己錯誤的佐羽所做的說明後，近健就老實地點了點頭。

「這樣啊，那也就是說，準備了符合小隊數量的魔王嗎？」

「對喔～」

這次換成小凪回答。

「打倒魔王之後，會記錄魔王戰的攻略時間，聽說排名在前面的玩家在正式營運時可以得到特典喔～」

「真……真的嗎！那哪能還呆呆站在這裡！」

如此叫喚著的近健，伸出一隻手來用力拉著佑馬的短披風。

「小佑，我們也快點走吧！你在發什麼呆啊！」

「我不是在發呆喔。」

把披風的衣角從近健手裡抽出來後，佑馬就啪噠一聲合起拿在左手上的小型導覽。

「因為絕對不想失敗，所以在確認咒文。」

「咒文……噢，要召喚寵物嗎？」

聽見近健所說的話後，佐羽跟小凪瞬時拉近距離。

「咦，要召喚兔崽子嗎？」

「哦～小佑，快點嘛～」

「是是是。」

把導覽收到腰間的包包裡，稍微跟三個人拉開距離。以左手從裝備在右胸的專用收納袋裡抽出紫色卡片並高高舉起。

在「Actual Magic」裡面，不論再簡單的魔法，原則上最少都必須詠唱三句咒文——屬性詞、形態詞以及發動詞才行。不過還是有一些例外，像是魔物使在召喚捕獲的怪物或者將其變回卡片時，都只要一句咒文就可以了。

但就算是這樣，依然不是隨便詠唱即可。導覽上面寫著……召喚咒文詠唱失敗的話，會在極低的機率下出現卡片本身遭到破壞這種恐怖的情形。要是因為這種低級錯誤而失去大費周章才抓到的藍色兔子，那就真的想哭都哭不出來了。

明明是虛擬世界的虛擬角色，卻感覺因為緊張而口乾舌燥，這時佑馬用力吸了一口氣，然後大叫：

「Aperta（打開）！」

系統認識到發動詞，從左手的卡片溢出紫色光芒。出現立體的複雜魔法陣，卡片像融化一樣消失了。

魔法陣中央發出特別炫目的光芒，然後從該處發射往斜下方的光線。光線碰到地面，像累積起來一樣膨脹——怪物就隨著「啵！」的滑稽聲音實體化了。

擁有銀色的角、淡藍色毛皮，全長二十公分左右的兔子。

「…………………」

「…………………」

跟佑馬同時默默無言望著兔子好一陣子的近健，這時抬起臉來表示：

「…………好像變小了？」

「…………嗯，是變小了。」

這應該是那個吧？敵人變成伙伴的瞬間就變弱的現象……？

似乎沒有注意到主人這樣的想法，尺寸縮小到捕獲前三分之一的藍色兔子，以圓滾滾的雙眼往上看著佑馬，然後歪著頭發出叫聲。

「啁啾？」

下一個瞬間，兩個女孩子就異口同聲地——

「好……可愛啊啊啊啊——！」

發出似乎會發出閃亮亮特效的歡呼聲後衝向藍色兔子。佐羽快了一步把兔子從地面上撈起，接著緊抱在胸前。慢了一會兒的小凪露出羨慕的表情，伸出手高速撫摸著兔子的頭部。

過去宛如騎槍槍尖般銳利的角，前端這時變得圓滾滾，讓佑馬一瞬間懷疑起自己選擇這隻怪物的判斷。但是並非期待單純的戰鬥力才捕獲這隻巨角兔。根據從最初的城市的NPC那裡聽來的情報，這隻兔子應該有獨一無二的特殊能力才對。

把手伸進依然哇哇叫著的兩個女孩子之間，佑馬抓住藍色兔子的長耳朵並且把牠從佐羽的胸口拉出來。

「等一下，哥哥。那樣子抓兔子太可憐了吧！」

「我說啊，這傢伙不是賞玩用的寵物喔。」

如此回答完就窺看起兔子的臉龐。

「雖然只是等級1，但你應該辦得到吧。」

「呣啾。」

「嗯，很棒的回答。」

點完頭後，佑馬就把兔子放到地上。

魔物使能夠用聲音命令（Voice Command）來役使捕獲的怪物。由於佑馬仍只是等級7，所以能使用的指令只有五種，但提升等級之後就能做出相當複雜的指示——應該啦。

不過現在沒必用讓牠做太複雜的事情。佑馬為了對藍色兔子做出最初的命令而吸了一大口氣，但這時候卻不得不暫停吸氣。

這是因為為了命令使魔(Familia)，一開始必須先稱呼牠的名字才行。而且不是巨角兔的種族名，而是該個體的專有名稱。命名當然是由身為主人的魔物使，也就是佑馬本人來進行。

看見僵住的佑馬，佐羽就咧嘴笑著說：

「啊，小佑還沒幫那個孩子取名字吧。」

「嗚咕……」

小凪也在佐羽身邊露出燦爛的笑容。

「小佑很擅長幫寵物取名字啊～一定能像唐唐的時候那樣取一個可愛的名字～」

「嗚咕咕……」

幫隔壁的茶野家飼養的聖伯納犬「唐唐」取名的就是佑馬。不過實際上小凪的父親原本取了一個時髦的名字叫「唐納德」，但當時還念幼兒園的佑馬因為無法發音而老是叫牠「唐唐」，結果不知不覺間就固定下來。

實際上佑馬非常不會取名字，在玩ＲＰＧ時也大多直接使用本名「佑馬」。因此不可能輕鬆想出使魔的名字。他一邊低頭看著圓滾滾眼睛的藍色兔子，苦苦思索著該如何是好的時候。

「喂，沒時間了喔，小佑！」

近健像小孩子一樣踏著步並且這麼大叫。時間確實不知道什麼時候已經超過兩點半，距離遊戲測試結束只剩下三十分鐘左右。如果魔王戰的競速破關預定是十分鐘，那就必須在二十分鐘內突破迷宮才行。
「唔……唔唔唔唔……」
兔子往上看著佑馬，嘴裡發出一聲叫聲。
「啰啾！」
「好……好吧……你就叫做『姆克』！」
順勢這麼大叫的瞬間，兩個女孩子就很不滿意般發出「咦～？姆克？」「好像狗喔～」的聲音，但無視她們的反應叫出選單，移動到魔物使專用的「寵物」分頁。顯示在上面的已捕獲怪物當然只有一隻巨角兔，因此擊點了空白的名字欄，以片假名輸入「姆克」。由於目前無法變更，所以只能一直用這個名字來稱呼牠了。
幸好藍色兔子本身似乎很中意這個像狗的名字，只見牠元氣十足地發出「啰啾啾啾！」的叫聲並且當場不停跳著。雖然對於變小這件事感到不滿，不過那種樣子確實很可愛。
再次吸了一大口氣後，佑馬就給予最初的使魔最初的聲音命令。
「姆克！追蹤我！」
雖然很想更自然地命令牠「跟過來！」，但追蹤(Follow)命令必須有「對象」與「追蹤」這兩個詞。幸好命令受到正確的認識，姆克發出「啰啾！」的叫聲並在佑馬的腳邊跳了一圈。
按照順序看過依然很羨慕般的佐羽跟小凪，以及急得像熱鍋上螞蟻的近健臉龐後，佑馬說了一句：

「那麼我們進入迷宮吧。」

在其他玩家們的身影一瞬間中斷的時機下，四個人鑽過了古城的門。穿越排著枯死的樹籬以及乾枯噴水池的荒涼前院進入城館之中後，往下的階梯在寬敞大廳正中央張開黑色大嘴。黑暗深處，有怪物吼叫聲般的聲響隨著濕冷的風傳了過來。

「嗚喔喔……真的是迷宮耶……」

窺探著往下階梯的近健發出有些沙啞的聲音後，身邊的小凪就發出輕笑。

「啊～近健，你難道是在害怕？」

「我……我才不怕呢！雪小的迷宮大師就是我啦！」

「那就快點走吧。剩下二十五分鐘。」

從低年級就一起玩到現在的佑馬，其實知道近健不喜歡又暗又狹窄的地方，但還是毫不留情地推著他的背部讓他踏上階梯。

以近健、佑馬、小凪、佐羽這樣的順序快步但是慎重地從磨損的石頭階梯往下走。雖然覺得早該習慣ＱＬＥＳＴ的接目鏡所創作出來的，質感與現實世界幾乎沒有兩樣的景象，還是因為靴子踩踏硬石子的感觸，以及刺在牆壁上的火把發出的真實微熱感而驚愕不已。開始進行遊戲測試已經過了兩小時半，還是忍不住會懷疑這真的是Caliculus膠囊所產生的虛擬感覺嗎？

其實Caliculus是次元移動裝置什麼的，我們被轉移到真正的異世界了……腦袋裡轉著這樣的念頭同時持續移動腳步，終於在前方看見了平坦的地面。

該處是長寬達二十公尺以上的寬敞房間。由於是迷宮的起始地點所以特別明亮，除了佑馬他們之外還有三組小隊在牆邊休息或者整理道具。以時間來說，他們似乎已經放棄前往魔王房間，但我方就沒辦法這樣了。因為這事關四個巧克力布丁這種最高等級的營養午餐甜點。

「小佑啊……真的再十幾分鐘就能抵達地下三樓的魔王房間嗎？我們可沒有地圖喔。」

根據遊戲開始時的教學，不走支線直接完成主要任務的話，就能夠獲得迷宮的地圖。但是佑馬身為遊戲玩家，不願意只是照著規定好的路線前進，所以三個小時的大部分時間都用來賺取經驗值與金錢，以及捕獲藍色兔子，也就是姆克。

三名同伴毫無異議就答應了佑馬的提案。絕對不能背叛他們的信賴。

四角形大廳裡，正面與左右兩邊的牆上各自設置了一個拱門型出入口。沒有地圖的話，不可能知道哪個門才是通往下一層樓。但是——

「姆克！領導我們到迷宮的終點！」

「啊啾！」

發出尖銳叫聲的藍色兔子，當場跳了兩下後，就開始朝右邊的出入口跑去。

「那一邊！」

佑馬追上姆克後，近健等人也跟了上去。

穿過拱門，前方是很符合迷宮形象的石板地面往前延伸。往前一點有一個交岔路口，筆直前進的地方可以看到其他小隊正在跟史萊姆般的怪物戰鬥。

但是姆克在路口往左轉，接著便毫不猶豫地往深處衝刺。牠的腳步看起來就像了解迷宮的構造一樣——不對，牠的確是了解。這就是難以捕獲的怪物巨角兔擁有的特殊能力「隧道探索」。在迷宮等地下通道，可以給予牠「起點前導」「終點前導」「道具搜索」「怪物搜索」以及「怪物迴避」等五個特殊命令。下達終點前導命令的話，牠就能帶領隊伍在最短距離下抵達魔王房間。

很可惜的是，無法同時下達「終點前導」跟「怪物迴避」兩個命令，所以必須跟途中出現的Ｍｏｂ戰鬥。不過將近結束時間的迷宮裡有許多玩家潛入，Ｍｏｂ也在超過再湧出間隔的速度下受到大量消滅，所以佑馬他們就在幾乎沒有發生戰鬥的情況下突破地下一樓與二樓。

跑下長長的階梯，抵達地下三樓的四個人，一看見出現在眼前的光景就安心地鬆了口氣。

不同於成為巨大迷宮的地下一樓、二樓，地下三樓只有一條特別長的通道往前延伸。凝眼一看之下，盡頭有一扇巨大的門。藍色兔子急急忙忙準備朝著該處跑去時……

「姆克，停下來！」

佑馬就這麼命令當場讓牠停下腳步。

抱起以圓滾滾眼睛往上看的姆克後，說了句「謝謝，下次再拜託你」來慰勞牠後，佑馬就詠唱起新的咒文。

「Clouza（關上）！」

姆克全身籠罩在跟召喚時同樣的立體魔法陣裡。紫色光芒當中，姆克越來越小，最後發出「啵！」一聲消失不見。佑馬以左手指尖夾住在發光煙霧中出現的卡片，把它放進右胸的袋子裡。

雖然忍不住說了句「下次再拜託你」，但應該不會再跟姆克見面了。因為前導說明時已經明言，在遊戲測試裡上升的能力值與入手的道具，等到正式營運開始就會全部重置。雖然相處時間不到一個小時，但佑馬卻感受到連自己也覺得意外的寂寞，並且靜靜地撫摸著卡片袋。

時間是下午兩點四十八分。花兩分鐘跑過這條通道的話，就能按照預定在遊戲測試結束前十分鐘抵達魔王房間。

給佑羽、小凪、近健使了個眼神，互相點點頭後就再次開始奔跑。

應該有五百公尺的通道各處，都可以看見先到的小隊正在跟大型怪物戰鬥。佑馬等人趁機從他們旁邊經過，朝著魔王房間前進。

通道盡頭原本像豆粒大的門逐漸變大，裝飾在表面的龍形浮雕在四人的火把光芒照耀下發出閃閃亮光，就在這個時候——

「喂，等等啊，近堂！」

這樣的怒吼從後面追上來，四個人邊跑邊往後看去。追上來的同樣是一支四人小隊，看見站在前頭的玩家的瞬間……

「嗚咿，須鴨！」

近健就小聲咒罵了一句。

佑馬也不得不在內心浮現「噁～」的念頭。

如果說雪花國小六年一班有所謂的班級內階級的話，那麼須鴨光輝應該是位居相當高層的學生。他的身材算是高大，長相也還不錯，又是足球隊的隊長，功課也很好，除了是班長外，爸爸還是公司老闆。如果個性還很好的話就真的是個完美無瑕的人了，但他卻十分愛出鋒頭而且還是個控制狂，在任何局面都一定得當領袖才行，跟相當有主見的佑馬與近健可以說是悲劇性地不合。

因此佑馬他們都極力不跟他扯上關係，但須鴨或許是覺得身高比他高一點的近健很礙眼吧，總是喜歡過來找碴。

「近堂，我們要先進去魔王房間！」

須鴨以拋下同伴般的速度猛力衝刺到近健身邊，讓身上的銀色板甲發出喀鏘喀鏘的聲音並且這麼大叫。穿著應該比近健的鎧甲重三成左右的裝備還能全力奔跑的技術與骨氣確實令人佩服，但所說的話卻是極其失禮。

「我說鴨仔，魔王房間是個別的空間，順序根本沒關係吧。」

佑馬代替近健指出這一點後，須鴨才像首次注意到他的存在般把視線移過來。

「喂，男蘆原。四年級的時候已經說過別這樣叫我了吧。」

須鴨發出渾厚凶狠的聲音，他另一名追上來的同伴也贊同這樣的意見。

「對啊蘆原，別叫什麼奇怪的綽號，應該以正式的角色名稱『盧修斯』來稱呼他才對～」

不用轉頭也馬上就知道這尖銳聲音的主人是班上女生階級的上位成員：三園愛莉亞。她的打扮是所謂的辣妹，雖然沒有跟須鴨交往，不過兩個人經常在教室裡面放聲談論穿搭與音樂的話題。

「是是是，知道了啦，三仔。」

佑馬剛這麼回答的瞬間……

「喂！不是要你別這麼叫了！」

突然從辣妹變成小混混的愛莉亞這麼大叫。

希望市是十多年前官方與民間合作，在面對山中湖的富士山東麓所建構起來的智慧城市。但無法抵抗少子化的浪潮，雪花國小也從五年前開始就變成每個學年只有一班，明年已經決定跟附近的小學合併而遭到廢校。之所以會被招待來參加Altair的開幕活動，似乎也是因為這樣的理由。

也就是說，佑馬不但跟佐羽、小凪以及近健都是從一年級就同班，就連須鴨以及愛莉亞也是一樣。明明兩個人以前都理所當然地接受「鴨仔」跟「三仔」這樣的綽號……佑馬心裡這麼想，同時再次點頭。

「是是是，三園同學。」

「喂，蘆原。之前不是就說過可以叫我『莉亞』了！」

「不不不，我怎麼敢呢，三園同學。」

與其叫他們兩個人盧修斯與莉亞，自己寧願用姓氏來稱呼他們，當佑馬縮起脖子這麼想著時——

左側就傳來佐羽跟小凪以微妙音調發出的嘆息聲，然後愛莉亞的後方則是有人發出輕笑聲。

「嗚……！」

雖然只是細微的笑聲，而且是由系統再現的合成聲音，但自己不可能聽錯這個聲調。佑馬跟近健同時轉頭並且瞪大了眼睛。

在身穿有些暴露的魔術師裝扮的愛莉亞身後，優美地拖著僧侶法衣跑過來的絕對是——地位超越一班班內階級的美少女：綿卷澄香。
「綿……綿卷同學……」佑馬順口這麼說道……
「為什麼加入須鴨的小隊？」近健則這麼大叫。
雖然身後的佐羽跟小凪散發出不高興的氣息，但已經沒空管這麼多了。
另一方面，須鴨雖然聽見佑馬他們說出仔細一想就會覺得頗為失禮的發言，但他卻像是沒注意到一樣，高聲笑著說：
「哈哈哈，綿卷同學當然會加入我的小隊！我們跟你們這支沒有解什麼任務的浪蕩小隊水準不同啦！了解的話就快點讓路！」
喀鏘一聲強行用左肩把近健擠開後，須鴨就走向前方。揹在背上那組看起來很高級的劍與盾，在火把的光芒照耀下閃閃發亮。
從須鴨所說的來判斷，他們應該確實完成了主要任務吧。充實的裝備肯定是完成任務的報酬。但是在MMO-RPG裡，玩家本人的技術絕對比裝備的性能還要重要。世界上首款VRMMO的話就更不用說了——
近健原本想要反抗，但是佑馬抓住他的皮帶讓他退下後，就對著好友呢喃：
「沒關係，讓他們先走吧。反正裡面是不同的地圖。」
「嗯，好吧。說得也是。」

近健以心不甘情不願的模樣放慢速度，愛莉亞穿越他身邊時說了一句「先走嘍！」，然後澄香則微笑著補了一句「蘆原同學你們也加油喔」。最後面是須鴨小隊的第四名成員，名為木佐貫櫂的男孩子，不過他甚至連視線都不跟佑馬他們相交。

木佐貫是須鴨的跟班之一，身材矮小的他個性低調，不是太顯眼的學生。雖然有須鴨在暗地裡霸凌他的傳聞，但是從跟澄香同時被選為小隊成員來看，應該沒這回事才對。光靠灰色連帽斗篷以及皮鎧這兩種裝備，無法看出他是哪種職業。

「別忘了巧克力布丁的賭注啊，近堂！」

跑在最前面的須鴨這麼大叫，並且拔出背上的劍。

或許是對有玩家接近產生反應了吧，前方施加了龍形浮雕的門發出沉重的聲音往左右兩邊打開。其後方是完全的黑暗，完全無法看透。

「……真是的，竟然那麼大聲叫出真實姓名，實在是無可救藥的蠢蛋。」

一拉開距離，至今為止一直忍耐著保持沉默的佐羽就小聲這麼咒罵。近健立刻回頭表示：

「喂，小羽，妳剛才也……」

雖然想這麼吐嘈，但是被正在氣頭上的佐羽一瞪之後，立刻把頭朝向前方。

跑在前面的小隊就隨著須鴨以及愛莉亞吵鬧的叫聲衝進大門後面的黑暗之中並且消失。

遲了兩三秒之後，佑馬他們也穿過巨大的門。視界只有一瞬間變黑，馬上就從上空降下紅光，把四個人傳送到魔王房間。

龍型魔王外表雖然真實，但不像預想中那樣的強敵。應該因為是開幕活動而調降了難易度吧。身為戰士的近健挺身擋住了藉由雙手鉤爪與尾巴的攻擊，火焰吐息則由魔術師佐羽的「水之障壁(Water Wall)」咒文降低威力，即使如此還是逐漸累積的傷害就交由僧侶小凪確實地加以回復。

沒有明確工作的是身為魔物使的佑馬，他以短劍戳著龍的側腹部，或者以最低等級的攻擊咒文來攻擊對方，但都無法造成太大的傷害。結果魔王大部分的ＨＰ都是由近健與佐羽削除，戰鬥開始大約四分鐘後，龍的巨軀就變成紅色多邊形爆散開來。

跟雜兵Ｍｏｂ戰鬥時不同，隨著盛大的奏樂顯示出結算畫面，所有人的等級都上升了。但是沒有掉落金錢、裝備或者素材道具，取而代之的是人數份的銀色卡片從上空緩緩落下。

拿起來之後，隨著Congratulations的文字一起刻印著四分三十秒這個攻略時間。一看到這個時間的瞬間，近健就握緊拳頭並且大叫：

「這下贏了吧！」

當然他指的對象不是龍，而是須鴨他們。佑馬也在內心確信大概有七成能夠獲勝，不過這時候他還是先搖了搖頭。

「還不知道喔，因為鴨仔他們的裝備比我們還要強。」

「ＶＲＭＭＯ不是靠裝備啦。靠的是技術啦技術！」

聽見近健所說的話後，佐羽就確實地做出吐嘈：

「你也是超級菜鳥吧，才玩了三個小時而已。」

聽見佐羽這麼說後，小凪就露出思索的表情。

「話說回來，已經快到測試結束的時間……直接待在這裡就可以了嗎？還是說，得自己回到城鎮才行～？」

「等等，那不可能吧……」

佑馬走到青梅竹馬身邊，再次搖了搖頭。

「從這裡回到最初的城鎮，就算全力衝刺也得花二十分鐘以上喔。大概在這裡等就可以了吧？」

「嗯～這樣的話……」

小凪搖晃著微微向內捲的頭髮，歪著脖子說：

「感覺可以廣播一下這樣的內容～……話說回來，如果……」

有些下垂，跟現實的小凪十分相似的雙眼帶著些許不安的光芒。

「想離開這個世界，應該怎麼做才好……？」

「啥？妳沒有聽前導說明嗎？」

近健立刻咧嘴笑著指出這一點。

「Caru……Carukyuri……」

「是Caliculus。」

佐羽的幫忙讓近健乾咳了幾聲後才又繼續表示：

「不是說把Caliculus內側，左下方的拉桿拉下去，蓋子就會打開了嗎？」

「那個，近健同學，我說的是更前面的階段～」

小凪以傻眼的表情這麼說完，近健就露出發楞的表情。

「啥？之前的階段……？」

「我們現在沒辦法運動自己的身體喔。所以在拉下拉桿之前必須先從Actual Magic登出，讓ＢＳＩＳ無效化才行……」

小凪所說的ＢＳＩＳ應該是Caliculus具備的「Brain Signal Interrupt and Scan（腦波遮斷與掃描）」機能的簡稱。回收從腦部對身體發出的運動命令，讓遊戲世界的虛擬角色中繼，同時不讓其傳回肉身。竟然能記住前導說明時女性導遊只說過一次的內容，看來小凪比佑馬和近健都要認真聽取說明。

不論如何，青梅竹馬所說的一點都沒錯。佑馬他們並非像動畫或者小說那樣，整個肉體轉移到異世界。怎麼說都只是躺在膠囊裡面，聽著由ＱＬＥＳＴ製造出來的聲音，並且用眼睛看著影像而已。但是卻無法自行從膠囊裡出來，這完全是因為肉體實際上被ＢＳＩＳ麻痺了的緣故，不先讓這個機能停止的話，就無法操作膠囊的緊急逃生拉桿。

「……話說回來，的確沒有提到任何關於登出的事情……」

皺起眉頭的佐羽，以食指跟拇指做出捏起的動作來叫出選單。移動到系統分頁，然後立刻搖了搖頭。

「選單裡果然沒有登出鍵。也沒有脫離地點之類的說明……也就是說，沒有靠自己的意志從Calculus……Actual Magic離開的方法對吧？」

聽見考試分數總是比自己高出一些的妹妹這麼說，佑馬稍微感到不安。為了消除這樣的心情，他裝出平靜的模樣來表示：

「嗯，我們除了是被招待的客人之外也是測試玩家，要是隨便登出的話可能會造成困擾吧。反正不論如何，測試馬上就要結束了。」

「對啊對啊，小凪妳想太多了啦。」

近健也配合著佑馬的口氣，結果兩個女孩子就像要表示「所以說男生真是……」般嘆了一口氣，就在這個時候。

突然有紅光從四個人的腳邊噴出，包圍住他們的虛擬角色。視界染成一片紅色，堅硬的地板消失。

「嗚……嗚哇……！」

近健大叫……

「佑……佑馬！」

「哥哥！」

佐羽跟小凪也發出聲音並且同時伸出手。

佑馬本能地想握住她們兩個人的手，但是光線一邊從紅變白一邊急遽增加亮度，把妹妹跟青梅竹馬的身影覆蓋了過去。

突然間產生浮游感。面對這不清楚是正在掉落還是上升的狀態，佑馬忍不住發出悲鳴，但是就連自己的聲音都聽不見。

最後白光從上空消失，黑暗由底下迫近，即使依照本能想逃走也看不到自己的身體。濃密的黑暗吞噬變成只有意識存在的佑馬。

——近健！

——小凪！

——小羽……！

以不成聲的聲音拚命呼喚三個人的名字，但是沒有任何人回答。佑馬的意識在漆黑的虛無空間不斷地落下。

——誰來幫幫忙…………！

面對他擠出全身力量的思念……

感覺好像有人回答了。

把視線朝向掉落的方向。

然後佑馬就看見了「那個」。

他的記憶就在這裡中斷了。

3

ＱＬＥＳＴ。

是「Quantum Lamellar Expansive System Terminal」（量子薄膜統括終端機）的首字母縮略詞，這個名稱跟「紋章」或者「頂點」等意思的英文單字Ｃｒｅｓｔ發音相似的儀器，在二〇二八年發售之後就改變了人類的生活。

儀器的本體為厚〇．三公釐，直徑約五公分的多重積層薄膜電腦。由於柔軟且具伸縮性，因此幾乎可以貼在身體的任何地方。因為是藉由生物電勢來驅動，所以電池不可能沒電的這個儀器，靠著無線連接裝在兩耳的麥克風兼耳機「Ear piece」，以及戴在兩眼上的鏡頭兼螢幕「Eye lens」來實現完全的全在網路。

ＱＬＥＳＴ可以說是跟人體融合的智慧型手機，它的普及給日常生活、商業以及電腦遊戲帶來了巨大的變革。

由於能在視界裡顯現任何尺寸的虛擬螢幕，因此不再需要物理的顯示器，雖然推出許多情報與現實世界風景重疊的ＡＲ遊戲，但即使有了ＱＬＥＳＴ，要實現許多遊戲玩家期盼已久的完全ＶＲ遊戲，也就是完全潛行遊戲仍存在一個極為巨大的難關。

玩家想在接目鏡與耳機所創造出來的虛擬世界自由行動，就必須以某種手段抑制現實的身體運動，並且給予觸覺、平衡覺以及深部感覺情報。

最後突破這種困境的，是總公司位於美國的情報通訊企業「IO TAGE」。

使用的是將玩家身體收納在膠囊型設備，藉著電場以及超音波等混合生體通訊回收由腦部輸出的運動命令，同時輸入體感訊號的「Caliculus」科技。

IO TAGE公司也自行開發出使用Caliculus的世界首款完全潛行型ＶＲＭＭＯ-ＲＰＧ「Actual Magic」，並且發表將在全世界的主要都市建設以Caliculus為主的大規模遊樂設施。日本被選為建設預定地的是位於富士山東麓，人口十四萬人的智慧城市：希望市。

二〇三一年五月十三日，遊樂設施「Altair」舉行了開幕活動。受招待參加活動的共有七百二十名希望市居民，其中包含了雪花國小六年一班的四十一名學生。

活動在上午十一點三十分開始，獲得招待的客人接受女性導遊進行前導說明後，就各自分為八十個人移動到分配的遊戲室，然後進入膠囊當中。客人們為了ＱＬＥＳＴ與Caliculus實現的完全潛行型遊戲而感到驚愕與興奮。Actual Magic的遊戲測試在下午三點結束，從膠囊裡出來的七百二十個人深受感動之後，帶著豪華紀念品作為禮物離開了Altair——

原本應該是這樣。

「嗚哇啊啊啊啊啊啊啊！」

蘆原佑馬甚至無法意識到這種沙啞的悲鳴是從自己的口中發出。

同班同學綿卷澄香朝著一屁股跌坐在1號遊戲室通道上的佑馬一步步靠近。

但是任何人都無條件承認的全班，不對，是全校第一美少女的容貌已經不像過去那樣。甚至可以說根本不是人類的臉龐了。

烏亮的瀏海底下，橘色緊急逃生燈光照耀下依然顯得蒼白的臉——眼睛、鼻子和嘴巴都不存在了。

不是受了重大傷害而失去，或者被什麼東西遮住的意思。原本應該有眼睛、鼻子和嘴巴的地方，全都覆蓋著平坦的皮膚。

佑馬率先懷疑是ＱＬＥＳＴ造成的視覺覆蓋。但是目前接目鏡的性能，在覆蓋的部分與現實光景的交界處總是會出現細微的雜訊。澄香臉龐的輪廓沒有任何奇怪的地方，更何況佑馬早就關閉接受所有視覺情報的選項。

等等……說起來這所有的狀況都不是現實吧？其實還在Caliculus裡面，看見的是ＱＬＥＳＴ創造出來的虛擬世界……？

就像要否定他這種逃避的思考一樣。

扁平臉的綿卷澄香突然加快腳步。搖晃著握在右手的某個人的手臂，鮮血不斷從切斷面滴下。

——要是來到伸手可及的距離，絕對會發生不妙的事情。

遵從這樣的直覺，佑馬擠出所有的精神力試著要站起來。但是腳卻不聽使喚。跟澄香的距離已經不到五公尺了。

突然間，澄香的臉出現了變化。

原本像水煮蛋一樣的白色臉龐下方，出現了一道小小的裂縫。長約五公分左右的裂縫，開始無聲地上下開合。

太好了，至少還有嘴巴……能這麼想的時間極為短暫。下一個瞬間，她的嘴巴就瞬間張大到像要直接抵達左右的耳朵一樣。橫越澄香人偶般小臉的大嘴裡面，並排著滿滿又小又尖銳的牙齒，不對，應該說是獠牙。

暫時壓抑住的悲鳴，再次斷斷續續地從佑馬的喉嚨裡掉出來。全身寒毛直豎，內臟整個揪緊。

猛烈拖著像是濺到點點血跡的白色百褶裙與全班女同學都為之憧憬的絲絹般長髮，原本是綿卷澄香的不明物體一直線衝了過來。

佑馬打從一開始就完全沒有考慮過眼前的怪物可能是模仿澄香模樣與服裝的其他生物。佑馬到現在才理解，理由是因為傳到鼻子裡的些許香味。

綿卷澄香身上混雜著柑橘的清爽與牛奶般甜味的香氣。平板臉的怪物身上就纏繞著這種每天在教室跟她擦肩而過時都會聞到的香味。

——雖然沒有暗戀她……不過，我一直很尊敬她。她一直是我憧憬的對象。

在這樣的思考驅使下，佑馬呢喃著澄香的名字。

「……綿卷同學……」

下一個瞬間，澄香蹲低身體，展現出準備跳躍的跡象。

「嗚哦啊啊啊啊！」

這麼大叫的不是佑馬。

某個人從右側超越佑馬，朝著澄香猛衝。

有所反應的澄香猛然揮舞著右手握著的手臂。

記得曾經在哪裡看過，人類的一條手臂占全體重的六％左右。如果那條手臂屬於小學六年級的男生，那麼平均體重大約是四十公斤。其百分之六就是……二．四公斤。雖然只是一條小孩子的手臂，還是比兩公升的寶特瓶還要重。要是被那種東西全力擊中，不論什麼人都不可能毫髮無傷……

在受到壓縮的一瞬之間，佑馬思考著這些事情。

用來代替棍棒的手臂以猛烈速度朝著想救佑馬的某個人腦袋轟落。傳出「咚喀！」的沉重聲響。佑馬預測會看到某人一個跟斗栽在地上的模樣。但是沒有發生這樣的情形。

對抗怪物的某人，以雙手握住的細長棒子確實地擋下手臂。

從佑馬的位置只能看到剪影的某個人，這時稍微把臉往後轉，然後再次大叫：

「快逃啊，小佑！到外面去找大人過來！」

聽見這個聲音才終於注意到。

對方是好友近堂健兒——近健。原本以為早就到遊戲室外面的他，結果也還留在室內。然後還跑過來拯救佑馬。就像從低年級時就經常做的那樣。

「近健……」

以沙啞的聲音叫出名字，佑馬接著就把雙手撐在地板上拚命試著要起身。不是為了逃走，而是要前去助好友一臂之力。

雖然仍無法理解狀況，但至少可以確定一件事情，不對，應該說下定了一個決心。

這裡不是虛擬世界。是實際、真正的現實世界。不在這個前提下行動的話，自己或者近健，甚至是兩個人都可能死亡。就像澄香握住的那條手臂的主人一樣。

或許是下定決心的關係吧，這次腳終於聽從腦部的命令，佑馬得以搖搖晃晃地站了起來。迅速環視了一下地板，找到一根長五十公分左右，應該是Calicalus損毀後掉下的金屬棒並且將其撿起。雖然像是鋁製品一樣輕，長度也不足，但是總比空手要好多了。

前方的近健正以看來比佑馬手中還要堅固的金屬管想辦法抵擋澄香的攻擊。澄香正以右手上用來代替棍棒的手臂以及長著銳利鉤爪的左手發動猛攻，說起來光靠一根金屬管就擋下這些攻擊反而讓人感到不可思議。

但應該撐不了太久吧。雖然以小六生來說體格算相當不錯，但近健真說起來也算是室內派，沒有什麼劍道或者格鬥技的經驗。

「近……近健！再撐一下！」

佑馬握緊鋁管這麼大叫後，近健就發出很痛苦似的聲音。

「你在做什麼啊小佑，快到外面去……」

「哪能丟下你自己逃走！」

——沒想到會有在現實世界大叫這種話的一天。

在腦袋的角落思考著這件事情，佑馬前進到幾乎快靠近左側牆壁的地方。由於澄香在通道內側，保持在這個位置的話，應該就能待在手臂棍棒的揮舞攻擊範圍之外。

雖然是發自遊戲迷的想法，但現在要是不這樣讓心情稍微放鬆一下，腳就無法動彈。反覆著急促的呼吸才好不容易移動了五六公尺，繞到了澄香的身後。

果然正如預測，背後這邊是毫無防備。應該說，背後的模樣跟原本的綿卷澄香沒有兩樣。柔軟的黑髮、纖細到驚人的背部與腰部，以及修長的雙腿。

佑馬握住的鋁管像是被某種強大的力量扯斷一樣，前端是極為尖銳的狀態。只要全力刺向澄香胴體的任何地方，應該都能讓她停止攻擊。

……不對。應該會造成更嚴重的狀況。不是受重傷……就是死亡。

佑馬為了衝刺而前傾的身體再度僵住了。

——要殺掉……綿卷澄香？

——不對。那已經不是綿卷同學了。雖然不清楚發生什麼事，但綿卷同學已經變成怪物。殺掉了某個人扯下他的手臂，現在也想殺了我跟近健。所以……所以……

「小佑，快點逃啊！」

拚命防禦著的近健再次大叫。

把視線從澄香背部移到好友的臉上那個瞬間，佑馬就瞪大了雙眼。

近健的臉龐、胸口以及雙手出現無數的割傷，流下了好幾條血痕。心愛的尼龍連帽衫也到處都遭到撕裂而變得破破爛爛。好不容易才能擋下手臂棍棒，所以無法完全避開左手鉤爪的抓擊吧。

目前看起來是還沒受到嚴重的傷害，但這樣下去不久之後就會變成重傷了。即使無法全部抵擋，能夠這樣持續在澄香以超乎常人的怪力與速度使出的連續攻擊下支撐下來，已經可以說是奇蹟了。

不能在這個時候拋棄好友。

就算這樣可能會殺掉綿卷澄香。

「不要！」

簡短回答近健的喊叫後，佑馬這次真的踢向地面。

短短不到三公尺的距離卻變得極為遙遠。但每往前一步，澄香的背部就確實變得更為接近。從短版外套的衣角可以稍微看到白色襯衫。佑馬瞄準該處，刺出鋁棒尖銳的前端——

從劇烈搖晃的黑髮再次飄出甘甜的香味。

佑馬的雙手背叛他的意志稍微縮了起來。

就像是看穿他剎那間的猶豫一樣，澄香猛然揮舞右手上用來代替棍棒的手臂。佑馬幾乎看不見她的動作。

「嗚……」

右肩被猛烈的衝擊襲擊，佑馬就像斷了線的風箏一樣飛了出去，背部劇烈地撞上支撐Caliculus的金屬框架。從右手掉落的鋁管發出脆弱的聲音滾落到地上。

旋轉一次的手臂棍棒直接朝近健橫掃過去，把他轟飛到通道另一邊的牆壁上。

右肩和背部像是燃燒起來般的劇痛，讓佑馬只能縮起身體發出呻吟，這時在他的正面——

「呼咻嚕嚕……」

傳出這種奇怪的聲音。

拚命轉動脖子，微微張開眼睛。朦朧的視界當中，白色臉龐緩緩地靠近。

只有血盆大口與無數利牙的臉龐，跟綿卷澄香過去的美貌重疊在一起。

澄香露出微笑的臉龐——淡粉紅色的光亮嘴唇已經在眼前。

「小佑…………！」

呼喚自己名字的好友聲音以及……

「呼咻嚕……」

這種像是很飢餓般的呼吸，佑馬都聽不見了。只是茫然瞪大眼睛，等待著那個時刻。

澄香的嘴唇準備觸碰佑馬的臉龐——

剎那間。

「Flamma（火啊）！」

一道新的聲音高聲響起，澄香像彈起來一樣抬起臉。

叫聲再次響起。

「Sagitta（變成箭吧）！」

自己不可能聽錯這道聲音。那是從出生一直到今天，已經聽過幾千，不對，是幾萬次的，雙胞胎妹妹佐羽的聲音。

但是，佐羽為什麼要大叫在Actual Magic裡使用魔法時的屬性詞與型態詞呢？這裡是現實世界。不可能會發生任何事情。

第三個單字——發動詞把佑馬一瞬間的思考轟飛。

「Ignis（飛吧）！」

視界的左側閃爍著橘色的炫目光芒。

隨著巨響飛過來的，長三十公分左右的「火焰箭（Fire arrow）」刺中澄香的左肩。

澄香翻了一個跟斗，滾了好幾圈才停下來。刺在她肩膀上的魔法箭持續燃燒了一陣子才消失，揚起一陣味道刺鼻的煙。

佑馬過了一陣子都無法理解發生什麼事。

把視線從橫向倒地的澄香身上移開，往左側的上方看去。

稍遠處一座打開蓋子的Caliculus膠囊裡，可以看到某個人站在那邊。

由於在緊急照明的照射範圍之外，所以只能看見人型的影子。但身為雙胞胎的佑馬，馬上就知道那是佐羽的剪影。

但佐羽應該跟其他學生一樣穿著雪花國小的制服才對。但是人影卻露出瘦削的身體曲線，而且背上的兩側有某種奇妙……看起來像是小型翅膀般的東西突出來。

「…………小羽……？」

或許是聽見佑馬虛弱且沙啞的聲音吧，剪影迅速把臉朝向這邊。再次發出尖銳的聲音。

「哥哥，快起動Actual Magic！」

那絕對是佐羽的聲音。但是聽不懂她說的話是什麼意思。

完全潛行型ＶＲＭＭＯ-ＲＰＧ遊戲Actual Magic，只有在Calculus裡面才能起動。實際上在前導說明時，想偷偷起動安裝到ＱＬＥＳＴ的客戶端程式時，就只有出現警告訊息。

但是佑馬不認為佐羽會在這種情況做出毫無意義的指示。而且她只有太過注意某件事情而不小心顯露本性時才會稱呼佑馬「哥哥」。

「知……知道了。」

幾乎只有動嘴巴這麼回答之後，佑馬的右手手掌就從視界左側移動到右側。虛擬桌面打開，出現安裝在ＱＬＥＳＴ裡的二十多個應用程式圖標。

佑馬在茫然的狀態中，按下顯示在右下角的最新圖標——由雙重圓形與五芒星組合起來的

Actual Magic圖標。

圖標發出光芒，化成藍色火焰燃燒了起來──然後消失。

「啊……！」

難道是解除安裝了嗎，這麼想的佑馬頓時慌了手腳。但下一刻就被意料之外的現象襲擊，讓他再次叫出聲音。

「咕……嗚……！」

左手像是燒起來了一樣燙。

把制服外套跟襯衫的袖子捲到手肘以上後，手就開始溢出藍光。貼在手背上的ＱＬＥＳＴ，其類似複雜紋章的電路圖閃爍著鮮豔的藍色光芒。

佑馬心裡想著「是作為ＱＬＥＳＴ本體的多重積層薄膜出現異常了嗎」，並且反射性想要把它撕下來。ＱＬＥＳＴ的厚度雖然只有〇．三公釐，但是具備反覆撕下與貼上的充足柔軟性與耐久度。

但是即使數次用右手指尖摳著手背，都找不到薄膜的邊緣。藍光跟像把燒紅金屬按在上面般的疼痛感都越來越強烈，佑馬放棄把ＱＬＥＳＴ撕下來，只把右手疊在用力握緊的左手上，然後將雙手抱在胸前。

佐羽異常的模樣、倒地的澄香與近健的事情全都從腦袋裡飛走，心裡只想著──快點停下來吧。但就像要嘲笑這樣的佑馬一樣，ＱＬＥＳＴ發出的光芒與熱量卻永無止盡地高漲並且外溢——

然後佑馬就看見了。

ＱＬＥＳＴ原本只有直徑五公分左右的電路圖隨著鮮豔的藍光脈動，然後從左手手背往手腕以及手臂延伸。簡直就像某種生物一樣。

「嗚啊啊……！」

佑馬發出驚愕的悲鳴，同時用力緊握左手手腕。但還是無法阻止電路圖的擴大。爬到前臂的手肘附近後就繞往兩側，然後才終於停了下來。藍色亮光變淡，烙印般的疼痛也慢慢消失。

佑馬啞然望著變得像是華麗刺青般的ＱＬＥＳＴ。

不可能會發生這種事情。ＱＬＥＳＴ是薄膜型電腦，也就是電子儀器。不存在什麼在皮膚上變形以及巨大化的機能。絕對不可能。

被本能上的抗拒感驅使，佑馬不停用右手摳著左前臂。但平常馬上就能撕下來的ＱＬＥＳＴ基材，不論再怎麼用力摳指甲卻都無法勾到它。

……跟皮膚融合了……？

當佑馬凝視著左前臂並繼續動著手指時。

「哥哥，不是做這種事的時候了吧！」

再次響起佐羽帶著緊張感的聲音。某種摩擦聲也跟她的聲音重疊在一起。

嚇了一跳而抬起頭後，佑馬的正面——

綿卷澄香正慢慢地撐起身體。

被火焰箭射中的左肩嚴重燒傷，從該處滲出的黏稠狀黑色液體沿著手臂滴到地板上。雖然是很嚴重的傷，但是從被佐羽的魔法攻擊直接擊中還能動來看，澄香果然已經不是人類……至少不是小學六年級的女生了。

茫然想著這種事情後，佑馬讓自己的思考稍微回溯。

「……………魔法……？」

僵硬地轉動臉部，看向後方站在Caliculus裡面的妹妹。

佐羽確實使用了魔法。在Actual Magic的遊戲測試裡發射了不知道多少次的火屬性基本攻擊魔法「火焰箭」。

但這裡不是Actual Magic裡面。是佑馬他們生活了十一年的現實世界。是受到絕對不變的物理法則支配，不存在魔法與奇蹟的世界。

把視線往右側移動之後，跟佑馬同時被轟飛的近健正倒在通道的另一側。或許是昏過去了吧，雖然垂著頭一動也不動，但看起來沒有受到伴隨出血的傷害。

再次看向正面。

從左臂上滴下不像人類血液的液體，右手依然握著某人手臂的綿卷澄香，以只有嘴巴的臉凝視著佑馬。

佑馬注意到她的頭上浮著數十秒前不存在的東西。

是一條橫向的黃色棒狀物。在微暗環境中發出鮮豔光芒的那個沒有物理上的實體。

是藉由接目鏡投影出來的ＨＰ條。外觀就跟Actual Magic裡頭的一模一樣。ＨＰ條底下還用日文寫著「綿卷澄香」。

原本應該是藍色的ＨＰ條之所以變成黃色，是因為數值減少一半的緣故。不清楚是佐羽的「火焰箭」一發就讓ＨＰ減少了那麼多，還是打從一開始就有了一定程度的損傷。不過如果那個顯示正確的話，就表示變成怪物的澄香絕非不死之身。

……那麼，我呢……？

想到這裡的佑馬就把臉固定在正面，然後畏畏縮縮地將視線朝向左上方。

結果該處確實出現他自身的ＨＰ／ＭＰ條。

顯示的名字是「蘆原佑馬」。不是在Actual Magic使用的角色名稱而是本名，不過ＨＰ條的外觀與字體果然是一模一樣。

……這裡還是遊戲……Actual Magic裡面……？

……這難道是遊戲的演出？是品味極糟的驚喜活動嗎……？

佑馬以運轉速度大幅降低的腦袋想著這樣的事情。

但就像事先讀取了他的思緒一樣。

「哥哥，這裡是現實喔！死掉的話就真的死了！」

從背後傳來尖銳的聲音。雙胞胎的佑馬立刻就知道妹妹不是在說謊或者開玩笑。

現實世界。

但是能使用魔法。還能看見ＨＰ條。

等等……不對，跟那麼可愛且溫柔的綿卷澄香變成襲擊人的怪物比起來，這些都是微不足道的荒謬現象。

某種極度異常的事情正在發生。

但是必須先度過眼前的難關。澄香絕對是想殺了佑馬，之後應該也會襲擊近健還有佐羽吧。不能讓她這麼做。為了好友與妹妹——同時也是為了自己。

佑馬凝視著慢慢靠近的澄香，同時擠出氣力站了起來。被澄香的手臂棍棒直接擊中的右肩，以及撞上Caliculus框架的背部都隱隱作痛，但還不至於無法動彈。

「哥哥！」

佐羽再次從後面叫著。

「我還要再五十秒才能發射魔法！在那之前你得想辦法把那個傢伙的ＨＰ減少到紅色

區！」

「想……想什麼辦法……」

「別擔心，哥哥起動ＡＭ了，這樣你的能力值也上升了。撿起掉落在右邊的鐵棒！」

「右……右邊……？」

照佐羽所說的往下看後，發現通道邊緣滾落著一根長五十公分左右的鋼材。佑馬急忙飛撲過去並把它撿起來。

遭到破壞前應該是支撐Caliculus的基材吧，比已經不知道飛去哪裡的鋁管還重上許多。而且不是管狀而是板狀的平鋼條折斷的前端就跟劍一樣尖銳。

憑佑馬原本的腕力，絕對無法揮舞這根足有一公斤重的鋼材。但是他以雙手握住的鋼材，卻像在Actual Magic裡面裝備的武器那樣傳來趁手的感覺。雖然仍無法理解佐羽所說的「能力值也上升了」的意思，但這樣應該能戰鬥。

——戰鬥？

——跟綿卷澄香嗎……？

這樣的思考閃過腦海，就在佑馬告訴自己「不對，那已經不是綿卷同學了」的瞬間。

「沙啊啊啊啊！」

迸發奇怪咆哮的澄香，猛力往地面一踢後撲了過來。

她試圖從正上方將握在右手的手臂棍棒往下揮落。佑馬用舉到頭上的鋼材承受剛才輕易就被轟飛的一擊。

猛烈的衝擊。受傷的右肩感到劇烈疼痛。但是佑馬……

「唔……喔喔喔！」

隨著在現實世界從未發出過的吼叫聲將澄香的手臂棍棒反彈了回去。澄香整個人往後仰，佑馬狠下心來用鋼材擊打她燒焦的左肩。

「咕咻嗚！」

像是悲鳴的聲音與沉重的打擊聲同時響起。澄香頭上的HP條再次減少一成左右。

變成怪物的澄香雖然腕力十分強大，但防禦力似乎不是太高。這樣的話，再一擊應該就能讓她的HP條減少到紅色區域。

佐羽表示的五十秒等待時間，這時應該經過一半了吧。再給她一擊，趁她後仰的時候用佐羽的「火焰箭」給予最後一擊──

……最後一擊？

…………我剛才是想殺掉綿卷同學嗎……？

另一個自己大叫著回答了這樣的自問。

──有什麼辦法嘛！不這麼做的話，我跟近健、佐羽都會被殺掉！

但還是無法甩開猶豫。

…………真的是這樣嗎？真的只能這麼做嗎？

…………殺掉綿卷同學就能結束這一切嗎？

「沙啊啊啊啊啊！」

就像聞到佑馬的猶豫一樣，澄香發出吼叫聲。

一回復體勢，就舉起右手的手臂棍棒與左手的鉤爪撲了過來。

雖然內心仍有些猶豫，但身體擅自動了起來。

這次不用棍棒抵擋而是直接往右跳來避開。然後身體後仰來閃躲接著襲來的鉤爪。

佑馬立刻像球棒一樣揮動鋼材。沉重的鋼材直擊澄香的左側腹，兩手感覺到對方肋骨折斷的噁心感觸。

「嘎啪啊！」

澄香在發出宛如咳嗽般的悲鳴以及從口中噴出黑色黏液的情況下被轟飛出去。從背部重重跌落在地板上，反彈了一下後再也沒有動靜。原本是黃色的ＨＰ條低於兩成，染上了鮮紅色。

「哥哥，快讓開！我用魔法解決她！」

佐羽的聲音響起。

佑馬依然凝視著倒地的澄香，對著妹妹回叫道：

「等等，小羽！不能殺掉她！」

「你在說什麼啊！不殺掉她的話，不知道什麼時候又會襲擊過來喔！」

這也是事實。至少現在沒有把怪物化的澄香變回原本綿卷澄香的方法。

但是當佑馬用鋼材給予澄香巨大傷害的瞬間，腦袋裡就浮現出一個點子。

對於腕力完全沒有自信的佑馬，能夠自由揮舞應有一公斤重的鋼鐵棒子的理由。佐羽表示「是因為起動了Actual Magic」。

這樣的話——

應該也跟佐羽一樣可以使用魔法吧。

「Tenebris（黑暗啊）！」

佑馬筆直地伸出放開鋼材的左手這麼大叫。

從手背延伸到手肘附近的QLEST電路圖發出鮮豔的淺藍光芒。

手掌上面出現藍紫色的光球。

「哥……哥哥？」

佐羽在後面大叫。心裡對妹妹說著「交給我吧」，並且叫出下一句咒文——形態詞。

「Capere Anima（成為魂之獵手）！」

藍紫色光球變形，形成一隻巨大的手。

視界突然變得模糊。簡直就像被魔法之手吸取了能量一樣，全身逐漸失去力氣。右膝一軟，身體整個下沉。

但佑馬還是拚命撐住了。這時候要是失敗的話，佐羽應該就會為了救佑馬而殺了澄香吧。不想讓妹妹做出那種事。

失去焦點的視界中央出現十字的瞄準鏡。佑馬動著左手，把它對準倒地的澄香身體——

「——Ignis（飛吧）！」

發動詞。

藍紫色的手發出尖銳共鳴聲飛出，命中了澄香的胸口。

尖銳的手指像抓住心臟一樣合起，下一個瞬間。

跟捕獲姆克時完全不同，傳出巨大塊狀玻璃破碎般的巨響，澄香的肉體就包裹在藍紫色光

芒中消失了。

眼前同時變暗，佑馬從背部倒到地上。

「哥哥！」

連佐羽的聲音聽起來都很遙遠。意識逐漸模糊。

但是在昏過去之前，還有一件事情得完成。

拚命瞪大雙眼，佑馬伸出左手。

某種閃閃發亮的東西從上空落下。原來是一張紫色透明的小卡片。

職業是「魔物使」的佑馬，以捕獲咒文抓到了怪物「綿卷澄香」。

以顫抖的左手確實抓住卡片之後，佑馬這次就真的昏了過去。

4

滴答、滴答。

冰冷的液體滴到口中。

在意識沒有完全回復的情況下，佑馬反射性想把液體吐出來，但在最後一刻才注意到它異常美味。液體不會太甜，還帶著檸檬果乾那樣的清爽酸味，讓佑馬貪心地把它吞了下去。

隨著液體滲透到身體裡，腦袋也慢慢變得清晰，佑馬試著打開閉上的雙眼。下一個瞬間，右肩跟背部就閃過燒傷般的疼痛，讓他低聲呻吟了起來。

「嗚咕……」

「還不要動，再多喝一點。」

有人在臉龐附近這麼呢喃，接著嘴裡就再次滴下酸酸甜甜的液體。拚命把它送進喉嚨深處後，疼痛感才慢慢地變淡。

「這樣就夠了吧……」

再次聽見聲音，液體也不再滴下，於是佑馬就在閉著眼睛，以沙啞的聲音做出要求。

「再……再給我一點……」

「先等一下吧，也得治療近健才行。」

感覺聲音的主人站了起來。輕微的腳步聲遠去。

──近健……

──對了……那傢伙也受傷了……

原本還有一半陷在迷霧裡的腦袋，突然閃過幾幕情景。

背對著佑馬，以雙手拿著鐵棒的近健。值得信賴的身影卻像玩偶般被輕易打飛。從黑暗深處出現一名身穿熟悉制服的長髮女孩子。她的右手上握著奇妙形狀的蒼白棒子……

「……近健……綿卷同學……！」

這次終於瞪大雙眼，佑馬宛如彈起來一樣撐起身體。雖然右肩與背部再次隱隱作痛，但已經比剛才好多了。

環視周圍之後，看見了散落著金屬與樹脂殘骸的微暗通道，以及並排在頭上的大型膠囊。

這裡是──大規模娛樂設施「Altair」的1號遊戲室。而膠囊是為了遊玩VRMMO-RPG「Actual Magic」的完全潛行機器「Caliculus」。

視線落到自己的左手上，就看到發出藍色微光的電路圖一路延伸到手肘附近。原本貼在手背上的量子薄膜儀器「QLEST」巨大化了。

而左手還握著一枚卡片。

「……不是……作夢嗎……」

佑馬的呢喃跟剛才聽見的聲音重疊在一起。

「別擔心……只是昏過去而已。」

把臉轉過去後，就看見在距離五公尺外蹲下來背對這邊的纖細身影，以及呈大字形躺在通道上的另一個人。倒地的是近健——近堂健兒。而窺看著他臉龐的是——

「………小羽！」

佑馬叫著雙胞胎妹妹的名字並且跳了起來。

丟下依然握在右手的鋼材，把左手的卡片悄悄收進上衣口袋之後，就從兩腳往前伸的癱坐狀態，不用手撐向地板，只用身體的彈力就站了起來。這樣的動作對於完全室內派的佑馬來說應該是不可能辦到的技術，但他沒有意識到這一點就直接跑到妹妹身邊。

「小羽！近健他……」

「不要緊吧」的發言卡在喉嚨深處說不出來。

比雙胞胎哥哥嚴厲一些，講好聽一點看起來是爽朗，講難聽一點是任性的側臉，絕對是十一年又八個月的日子裡持續看著的妹妹。但是今天早上離開自宅時一直到抵達Altair進入Caliculus的瞬間，她身上所穿的整套雪花國小制服卻消失了。

取而代之的是緊貼在身體上的，暗紅色像是泳裝的打扮。只覆蓋住胸部與腰部下方，雙臂與腰都直接露出雪白的肌膚。她左手上的ＱＬＥＳＴ果然也大型化了，不過發出紅色光芒，紋章也一路延伸到手肘上面。

佐羽的變化不只有衣服與ＱＬＥＳＴ。從泳裝的背後凸出體積不大，但像是蝙蝠般飛膜狀的翅膀，總是戴著的那條帶著角的髮帶，上面的角看起來也變大了。雖然不至於長出尾巴，但整體的印象，與其說是人類，倒不如說比較像……

強行在此中斷思考，硬是把視線從妹妹移到倒地的近健身上。

他的打扮跟潛行前一樣，沒有翅膀和角。作為註冊商標的尼龍連帽衫被撕得破破爛爛，臉龐、胸口以及捲起袖子的前臂都有無數的抓傷。被手臂棍棒痛擊的左上臂則有一大片血跡。

這些傷全都是變成怪物的六年一班的偶像：綿卷澄香所造成。

當佑馬茫然呆立在現場，確認近健傷勢的佐羽就以長著翅膀的背部對著他的情況下說道：

「仍在呼吸，內臟似乎也沒有受到損傷。但是……左手折斷了。」

「折……折斷是骨折了嗎……？」

「我就是那麼說的。」

呼出短短一口氣，佐羽只有一瞬間把臉朝向左上方。佑馬也被她影響而往上看著該處，結果只有遊戲室的黑暗天花板。

「……？」

把視線移回去後，佐羽正要把右手伸向近健的臉龐。抓住他很痛苦般緊閉的嘴巴將其稍微打開，然後把食指靠近該處。

「喂……喂，小羽，妳做什麼……」

「靜靜地看就對了。」

打斷佑馬的話後，佐羽猛烈吸了一口氣——

「Sacra（祝福啊）。」

出現在佐羽左手上的圖樣——QLEST的電路圖發出帶粉紅的紫色光輝。

「Ros（成為水滴）。」

指尖帶著淡粉紅色光芒，然後宛如液體般晃動。

「Casus（滴下吧）。」

第三句話響起的同時，帶淡粉紅色光芒的水滴就從指尖滴落，流進近健的嘴裡。一開始完全沒有反應，持續兩三滴後嘴唇就微微震動，喉嚨跟著動了起來。

看見這種樣子，佑馬才終於了解。數分鐘前，跟近健一樣昏過去的佑馬，當時流進他嘴裡的酸甜液體就是這個。而佐羽所詠唱的三個詞就是Actual Magic世界裡用來使用魔法的咒文。佑馬甚至還能判別出那是什麼魔法。

「小羽……妳那是『治癒水滴（Healing Drop）』的魔法吧……但這裡是現實世界…………」

「我說小佑，事到如今你還在說什麼啊。」

佐羽一邊把發光的水滴滴進近健嘴裡，一邊以傻眼的聲音這麼表示。

「我剛才不是使用了『火焰箭』嗎？應該說，小佑剛才也用了『獵捕手（Grasping Hand）』吧……」

這時佐羽不自然地中斷了所說的話，但聽見了第三個魔法名稱的瞬間，佑馬就猛烈地吸了一口氣。

「捕獵手」是職業「魔物使」才能使用的捕獲咒文。射程僅有十公尺，雖然沒有追蹤機能，但命中HP減少一定程度的怪物，就能將其卡片化來變成使魔。

在昏過去之前，佑馬確實使用了那個魔法。捕獲的不是怪物，而是讓佑馬與近健受到嚴重傷害的……

「嗚……嗚嗚……嗚……」

突然間聽到低沉的呻吟，佑馬就看向腳邊。

躺在通道上的近健眉間開始跳動，嘴巴也蠕動著。他貪心地吞下水滴的模樣，就宛如小孩子——或許應該說嬰兒一樣，甚至讓佑馬不願意認為自己剛才也是如此。

——這絕對要錄影，之後拿來當成威脅他的材料。但QLEST變成這種模樣，原本的機能不知道還能不能使用。

佑馬茫然這麼想著時，近健就瞬間睜開雙眼。

「真……真……真好喝——！」

佐羽迅速用左手按住他以要噴出光芒似的速度這麼大叫的嘴巴。

「別大聲嚷嚷！要是引來恐怖的傢伙怎麼辦！」

「……嗚嗚嗚……嗚嗚……？」

遭到低聲斥責的近健，反覆眨了將近十次的眼睛後，首先看向佐羽，然後看向佑馬。

依然緊緊塞著近健想說些什麼的嘴巴，佐羽呢喃了一句「要是再大聲叫的話，就要對你施加『沉默（Silence）』魔法嘍」，然後才終於放開左手。

「……小羽跟……小佑……？」

雙胞胎心想「近健應該是細地重複了一遍剛才說的話」於是同時對他點頭。認識了五年以上的好友，交互看著他們兩個人然後繼續呢喃：

「……但是……你們的感覺……」

看見佐羽後當然會有這樣想法。因為她頭上有角、背上有翅膀，制服還變成了泳裝。但佑馬的變化就只有左手上大型化的ＱＬＥＳＴ，而且現在還用袖子蓋住了。

心想「應該是這樣才對」的佑馬低頭看著自己的身體，作為雪花國小制服的白色襯衫、水色無領外套、青蔥色七分褲這樣的打扮沒有變化。

「倒是近健，你的身體不要緊吧？」

把疑問丟在一邊如此詢問後，近健就用雙手四處摸著自己的臉龐與胸口等地方。看見這一幕後佑馬也注意到近健的臉與胸部等地方原本相當嚴重的抓傷，現在只留下些許傷痕，應該骨折的左手也毫無問題般動著。只不過尼龍連帽衫依然是破破爛爛。

「哦……喔，左手雖然還有點痛，不過骨頭應該沒問題。被綿卷擊中時感覺好像斷掉了……不過…………」

說到這裡的近健，一瞬間露出茫然的表情，然後臉孔逐漸變得蒼白。

「…………綿卷……小佑，那本來是……綿卷……嗎……？」

面對好友求助的表情，佑馬只能緊閉反射性想回答「不是」的嘴巴。

跟一班的其他男生一樣，近健應該也對雪花國小全校第一的美少女有所憧憬才對。雖然不是會互相討論心儀對象的關係，不過佑馬知道他把去年運動會時成功拍下跟澄香並排在一起的合照珍藏在ＱＬＥＳＴ深處。

但就算這個時候隱瞞他，也只會讓之後受到更大的打擊。正因為是好友，所以必須告訴他真相。

「……嗯，那是綿卷同學。」

「但是……但是，她沒有臉吧……而且還用棍棒打我跟小佑……」

近健的記憶似乎有點曖昧，不過澄香揮舞的不是一般的棍棒，而是從肩膀撕下來的人類手臂。而且應該屬於六年一班的某個人。

當猶豫著該不該這麼說時，近健就護著左手試圖站起來。佑馬幫忙他緩緩站起身子。

「……小佑。綿卷同學怎麼樣了？」

在他尖刺般瀏海底下的臉龐，看見了前所未見的不安與僵硬後，佑馬就下定了決心。

「沒有死……我沒有殺掉她。」

「這……這樣啊……但是──這樣的話，你們兩個人擊退了綿卷同學嗎？她的力量那麼強大，你們是怎麼……」

話說到這裡，近健像是終於注意到佐羽的變化，只見他眨了眨眼睛。接著像要再次確認剛才治癒自己的液體是什麼味道一樣蠕動著嘴巴。

「……魔法？小羽，妳剛才對我使用了回復魔法吧？這就表示……這裡還是虛擬世界嗎？綿卷同學也是因為魔法而變成怪物……？」

「…………」

剛剛目擊變成無臉怪的澄香時，佑馬也是率先有這種想法。以為已經離開Calculus，其實仍在膠囊裡面──認為這裡是精緻重現的虛擬Altair內部。

事實上，現在佑馬視界左上角就顯示著「蘆原佑馬」的名字跟藍色ＨＰ條、綠色ＭＰ條。

ＨＰ條減少了兩成左右，ＭＰ條則減少了三成以上。那是因為右肩與背部的瘀傷尚未完全痊癒——以及使用了「捕獵手」魔法的緣故。

佑馬突然想著「啊。原來如此……」。剛才在用魔法治癒近健之前，佑羽之所以只把視線往左上方移動，看的其實不是天花板而是自己的ＨＰ／ＭＰ條。也就是說妹妹的視界也跟佑馬一樣顯示著Actual Magic的ＵＩ。

「……小羽。」

佑馬回過頭去呼喚妹妹的名字。

「什麼事？」

「妳剛才在我起動ＡＭ時說這裡是現實世界對吧。還說在這裡死亡就真的死掉了……妳難道是有什麼根據嗎？」

結果長出角與翅膀的妹妹罕見地移開視線並點了點頭。

「嗯……有喔。」

「是什麼根據……？」

這麼問的是靠在牆壁上的近健。佑羽在伏下視線的狀態快速回答：

「我想你們也知道，這個……」

她右手的拇指朝向並排在通道斜上方的膠囊群。

「……Caliculus給予玩家的虛擬感覺只有體感覺與平衡覺。視覺是由QLEST的接目鏡，聽覺則是由耳機所輸入，味覺與嗅覺仍未提供輔助。也就是說，感覺到口味與氣味的話，那裡就不是虛擬世界。」

「…………」

一聽完佐羽所說的，佑馬跟近健就同時動著鼻子。

專心聞起氣味之後，發現微暗的遊戲室裡含有龐大的味道。全新機械類所散發出的潤滑油氣味、樹脂與黏著劑的化學氣味，以及——鐵鏽般的鮮血氣味。Actual Magic的草原或者迷宮確實都沒有這種感覺。

但是另一方面，也覺得都發生如此異常的事態了，Caliculus的性能有所變化也不是什麼奇怪的事情。不對……跟承認這種狀況是現實比起來，應該說反倒是認為Caliculus在不知不覺間更新了還比較有說服力。

竟然無法相信自己眼睛看到的東西……當佑馬茫然這麼想著時。

突然間注意到又更簡單就能分辨虛擬與現實的辦法，於是出聲表示：

「啊……什麼嘛，那樣不就得了……」

「怎麼了，小佑？」

佑馬對窺看著他臉龐的近健指了指自己的眼睛。

「就是接目鏡啊。如果我們看見的光景是數位檔案的話，把接目鏡拿下來應該就會全部消失了。」

「喔……喔喔，說得也是。」

近健這麼呢喃的同時，佑馬也按下虛擬桌面左下方系統選單的圖標。

多重積層薄膜電腦「QLEST」是由貼在皮膚上的本體，以及著裝在雙眼上的Eye lens與戴在雙耳上的Ear piece等三種裝置構成的儀器。拿下輸入視覺情報的接目鏡，就看不見所有現實之外的東西。

想要拿下形狀、材質與其類似的軟式隱形眼鏡，似乎必須用自己的手指從眼球表面將其摘取下來，但QLEST不需要如此恐怖的作業。把臉朝下，接著將手掌放在眼睛下方，然後一隻手按下選單中的接目鏡剝離鍵，吸著力就會消失並且從眼睛上掉落……

「…………咦？」

沒有掉下來。重複按下右眼接目鏡的剝離鍵，但不論是接目鏡剝落時眼睛的清涼感，還是小小鏡頭掉落到手掌上的感覺都沒有出現。

「沒用的。」

旁邊的佐羽這麼呢喃。雖然想質問她這麼說的意思，但因為聽到好友的呻吟聲，於是急忙轉過頭去。離開牆邊的近健維持著右手掌向上的姿勢，繃著臉環視起周圍。

「近健，你把接目鏡拿下來了嗎？」

「當然是拿下來了。但景色沒有變化。壞掉的Calculus和我破破爛爛的連帽衫都是一樣……我很喜歡這件衣服的啊……」

——也就是說，這裡果然是現實世界。雖然有九成認為應該是這樣，但準備為了變成十成的這件事而深呼吸時，佐羽就再次呢喃著：

「小佑的接目鏡之所以拿不下來，是因為跟ＱＬＥＳＴ一樣與身體融合了。話先說在前面，耳機也是一樣，別想硬把它拿下來喔。」

「咦……」

急忙用手指摸索著指尖，但戴在耳廓內的超小型麥克風兼耳機已經完全跟皮膚融合。當佑馬露出茫然的模樣，佐羽就抓住他的手來令其遠離耳朵，接著佐羽又跟近健說道：

「近健，快點把接目鏡放回去。因為那個真的是生命線。」

「嗯……嗯嗯。」

點了點頭的近健，再次把接目鏡戴回雙眼上，然後眨了好幾次眼睛之後就呢喃著：

「全部……是現實嗎……」

他抬起左手，緩緩地彎曲再伸直。

「……嗯，手肘還是會刺痛……還有……」

他突然摸索著自己的股間。

「……這個也還在。」

佑馬想著「啊，原來如此」。雖然不知道是擔心哪一方面的事情，不過Actual Magic的虛擬角色沒有重現應該有的器官。佑馬雖然有同感，但佐羽卻以冰冷的表情踢向近健的右小腿。仔細一看之下，她腳上穿的不是平常那雙球鞋，而是變成腳尖呈鉤爪狀尖銳的靴子。

「好痛……」

「笨蛋近健，能因為這種事而接受的話，我根本不用說明體感覺的事情，也不用把接目鏡拿下來了吧。」

「這是為了慎重起見的確認……」

近健按著被踢的小腿，以認真的表情往上看著佐羽。

「……幹什麼？」

「沒有啦，只覺得即使是這種打扮也是真正的小羽……這就表示——那個綿卷同學也是……真的嗎……」

接著把視線移到佑馬身上……

「……小佑啊。綿卷同學她……到底怎麼了？」

「…………」

咬了嘴唇兩秒鐘後，佑馬就把左手伸進上衣口袋，然後拿出一張卡片。

半透明的紫色卡片上，以銀色細線畫著的是正面朝前方站著的女孩子上半身。女孩有著長直髮、纖細的輪廓，但臉上沒有眼睛鼻子，只有嘴巴異樣龐大。連飛濺到雪花國小制服上的血跡都仔細地重現了。

線畫下方以清晰的文字顯示著——「綿卷澄香」。

佑馬默默地把那張卡片拿到近健的面前。

好友原本疑惑地皺起眉頭的雙眼隨即瞪大到極限。然後嘴唇直接激烈顫抖著，像是無法接受般搖了好幾次頭。

「近健。我原本認為要阻止澄香只能用魔法殺掉她。」

佑羽靜靜地這麼說完後，近健就把蒼白的臉轉往她的方向。

「但是小佑拒絕這麼做。明明都快站不住了……明明自己有可能被殺掉，還是用魔法『獵捕手』把澄香抓住。這都是為了解救澄香。對吧，小佑。」

受到詢問的佑馬緩緩點頭，然後把卡片貼在自己的胸口。

「嗯……捕獲成功的話，就能先暫時阻止澄香同學，在她卡片化的期間，說不定能找到讓她恢復成原來模樣的方法。我想找出那個方法。你也來幫忙吧，近健。」

最後一句話就像某種關鍵字一樣。

近健的臉龐恢復血色，接著雙眼裡帶著意志的光芒。

——這傢伙從以前就是這樣。跟自己的事情比起來，是個能為了朋友兩肋插刀的傢伙。

我可能就不會了，把這樣的思考推到腦袋角落，佑馬就持續凝視著好友的臉。

深吸了一口氣的近健，舉起雙手用力拍打了一下自己的臉頰。臉龐因為仍然疼痛的左手而一瞬間扭曲，不過立刻就以恢復冷靜的聲音——

「知道了。好好努力吧，小佑、小羽。雖然不清楚究竟是怎麼回事……但我們還活著，也還能走路跟思考。這樣的話，就不能一直呆坐在這裡。」

一這麼說完，他就伸出握著的右手。

「嗯。」

點完頭後，佑馬就以自己的拳頭碰了一下近健的右手。跟平常一樣輕輕互碰拳頭——原本是這麼打算，但是……

「好痛！」

近健卻扭曲著臉龐發出呻吟，佑馬便忍不住苦笑著表示：

「太誇張了吧……不是開這種玩笑的時候了。」

「才沒開玩笑哩！真的很痛……你不會是握著手指虎吧。」

「怎麼可能。」

打開右手並且將其伸至近健鼻子前方後，旁邊的佐羽就說道：

「當然會痛了。現在的近健只是普通人，小佑已經是魔物使了。」

「什……什麼普通人……本來就應該是這樣……吧……」

說話速度驟減的近健，認真地望著佑馬的臉好一陣子後，才側眼看著佐羽表示：

「……那身打扮難道不是在Cosplay嗎？」

「啥？在這種狀況下怎麼可能還在Cosplay啊，近堂！」

再次踢了一下近健的腳後，佐羽就看著佑馬說：

「我來讓這個笨蛋覺醒……應該說轉職，小佑你去把小凪叫起來。她應該還在Caliculus裡面。雖然應該不會出現怪物了，不過還是要小心一點。」

「啊……嗯，好。」

在點點頭就開始在通道上移動的佑馬背後，近健以感到害怕的聲音表示「轉職是什麼啊」。聽見這個單字，佑馬終於了解剛才互碰拳頭讓近健感到疼痛的理由。

佑馬的ＱＬＥＳＴ擴大是因為按照佐羽的指示起動了Actual Magic。自從那之後，視界左上就一直顯示著自己的ＨＰ／ＭＰ條，跟綿卷澄香戰鬥時也能看到她的ＨＰ。剛才的互碰拳頭如果讓近健受傷，也就是減少ＨＰ的話，那他的頭上也會出現ＨＰ條吧。

想到這裡，就能推測出佐羽所說的「覺醒」或者「轉職」之後，便可以輕鬆揮舞一公斤重鋼材的理由了。

那個時候佐羽說了「因為起動了ＡＭ，哥哥的能力值也上升了」。也就是說，可以推測出現在的佑馬並非不擅長運動的小六男生，除了作為等級７魔法使的能力──「捕獵手」之外，還獲得了能夠跟怪物戰鬥的體力。

同樣的，佐羽也覺醒為等級７的魔術師，所以應該能使用「火焰箭」以及「治癒水滴」的魔法才對。雖然跟佑馬不一樣，連服裝都產生變化，甚至長出角與翅膀的理由仍是一團謎，但是從她本人完全不在意這一點來看，她應該也推測出一定程度的理由了吧。

邊動著腦袋邊走了十公尺左右，抵達小凪──茶野水凪使用的Caliculus前面時，後方傳出「哦嗯呀啊啊！」的丟臉悲鳴。回頭一看之下，發現彎曲的通道前方有橘色光芒正在脈動。近健起動Actual Magic，目前左手的ＱＬＥＳＴ應該在巨大化當中吧。

這樣近健也從普通的小六男生轉職為等級７的戰士了。雖然無法使用魔法，但體力應該比佑馬強上許多才對。接下來互碰拳頭時，反而是自己得注意才行了。

總之接著就只剩下讓小凪覺醒為等級７的僧侶，就能在現實世界重現在Actual Magic世界冒險時的隊伍編制。這是一支由物理、魔法、回復、捕獲所構成，能力相當平衡的四人小隊。

班上的男生女生雖然隨著年級提升而開始保持距離，但佑馬、佐羽、小凪、近健四個人還是一直玩在一起。只要四個人到齊，就一定能找到這種異變的理由，完成把綿卷澄香變回本來模樣的目標。

凝視著左手拿著的卡片，在沒有發出聲音的情況下呢喃了一句「一定會讓妳復原」，然後佑馬就把它收回外套左邊口袋。雖然想要Actual Magic世界裡裝備在胸口的專用卡片收納袋，但現實世界應該找不到那種東西吧。

跑上短階梯，在升降台走了幾步，來到小凪的Caliculus膠囊側面。

近健跟佑馬、佐羽都自行逃離了，實在不清楚小凪尚未出來的理由，恐怕是在裡面睡著了吧。小凪從以前就喜歡睡覺，一起玩的時候經常覺得怎麼突然這麼安靜，結果就發現她正在打瞌睡。即使如此，但她的腦袋相當靈活，成績也跟佐羽差不多好，所以把她叫起來後應該馬上就能理解狀況。

首先用指背輕輕敲著膠囊，然後試著呼喚：

「小凪……起來嘍，小凪。」

但是沒有反應。看來她睡得很熟。

雖然用力拍打膠囊的話應該能把她叫起來，但是還沒把廣大遊戲室的每個角落都調查清楚。可能有跟怪物化的澄香同樣危險的某種東西潛伏著，到時候可能因為聲音而靠近，因此想盡可能靜靜地叫醒她。

如此一來，就只剩下強制開啟膠囊這個方法了。

雖說自宅就在隔壁，低學年的時候感情還好到一起洗澡，但還是不太願意打開有女孩子在裡面睡覺的容器，不過現在是緊急事態。在心裡道歉之後，佑馬就蹲下來握住設置在膠囊側面下方的緊急開啟拉桿。

按下前端的按鍵，開鎖之後用力一拉。

膠囊發出「喀咚」的聲音，然後蓋子往上浮起五公分左右。

把手指伸入那道縫隙，慢慢、慢慢地將其抬起。

「小凪……」

準備再次呼喚時，佑馬的喉嚨卻整個揪緊。

心跳跟著上升，全身滲出汗水。以瞪大的雙眼將膠囊內部的每一個角落看過一遍，但結論還是沒有改變。

膠囊是空的。

茶野水凪沒有留下任何痕跡就消失了。

5

「……確定外側的緊急開啟拉桿沒有被使用過？」

面對跑過來的佐羽提出的問題，佑馬用力點了點頭。

「嗯……不會錯的。導覽說明的大姊姊說過……這個一旦用過，不重新起動Caliculus就無法復原，所以不能亂動對吧？」

「嗯，是說了。」

這麼回答的是近健。雖然還是身穿全是裂痕的連帽衫與制服七分褲的打扮，但是左手的QLEST跟佑馬一樣延伸到手肘附近。電路圖的顏色是亮橘色。幸好不像佐羽那樣變成穿泳裝或者長出角來，不過如此一來就真的搞不懂只有佐羽變身的理由了。

但目前最重要的是找出消失的小凪。

探出身子調查膠囊內部的佐羽，回過頭去這麼說道：

「內側的緊急逃生用拉桿沒有用過。也就是說……這個Caliculus在小佑打開之前，不論是從裡面還是外面都沒有被打開過。」

「等等……但是這不可能吧。」

近健交互看著佐羽跟膠囊並且提出反論。

「小凪跟我們一起參加了AM的遊戲測試，所以絕對進到這個裡面了吧？然後，在打倒作為魔王的龍後，發生了某種……某種狀況……」

說到這裡就開始吞吞吐吐起來，然後還留有淡淡抓傷的右邊眉毛不停跳動。從以前開始，近健全力運轉腦袋時就會出現這樣的表情。

「……我記得小凪她說了B……B什麼的事情對吧？不是BEAMS……也不是Beach sandals……」

「是BSIS。腦波遮斷與掃描（Brain Signal Interrupt and Scan）……所以在Caliculus停電之前，小凪應該也跟我們一樣無法運動自己的身體才對。」

佑馬做出解釋後，近健就迅速點了點頭。

「對對對，就是那個。然後在說那件事時魔王房間的地板就發出紅光，地板突然消失，我們就掉進黑洞裡……回過神來之後已經回到Caliculus裡面了。因為大聲呼叫也沒有人來，我就使用拉桿來到外面。」

佑馬的記憶幾乎是一模一樣。不過還是有一點不同，掉落到虛擬黑暗時，感覺在前方看見了什麼……好像發生了什麼事，但無論怎麼努力都想不起來。腦就像拒絕重複這段回憶一樣隱隱作痛，於是只能停止思考並且回答：

「……我也一樣。拉下緊急逃生拉桿，打開蓋子來到外面……結果發現近健的膠囊已經打開，不過小羽跟小凪的還是關閉狀態。所以就認為妳們兩個還在裡面……」

一邊摸索著記憶一邊說到這裡後，佑馬就「嗯……？」一聲皺起眉頭。

「怎麼了，小佑？」

面對像要窺探自己腦袋裡面一樣把臉湊過來的佐羽，佑馬以認真的表情回望著她。從至近距離一看，就發現以前應該是全黑的頭髮也帶著點紫色，眼睛裡則有紅色線條劃過。佐羽的接目鏡也跟角膜融合了才對，應該是受到它的影響吧。

下意識中抬起右手，以指尖捏起妹妹的頭髮，覺得觸感跟以前不一樣了。雖然這幾年沒有觸碰她頭髮的機會，但纖細到驚人，光滑且帶著金屬般冰涼的感觸讓指尖覺得很舒服。

「喂……做什麼啦，笨蛋哥哥！」

發出近幾年已經很久沒出現的罵聲並且往後退的佐羽，以帶著鉤爪的靴子輕輕踢了一下佑馬的球鞋。

「那麼，你想起什麼了嗎？」

「啊……嗯，在離開膠囊之前，感覺聽到某個人的悲鳴。那是你發出來的嗎，近健？」

「啥？悲鳴……？」

雙手環抱胸前的近健頓時臉色一沉。

「……噢，確實有這件事……不，那不是我。我大概只比佑馬早一點離開Caliculus……然後外面是一片黑，還有奇怪的味道，說起來很丟臉，我下到通道就嚇得無法動彈了。接著便鑽到自己的Caliculus底下蹲坐著。」

「想不到你這麼膽小。」

面對佐羽毫不留情的指謫，近健試著進行低年級生等級的反駁。

「吵死了，我才不膽小哩！」

「咦～在AM裡進入迷宮的時候你也很害怕吧？」

「那是我身為小隊隊長貼心的舉動啦……總之，躲起來的時候我也聽見悲鳴了。然後從躲藏地點出來之後，就看到小佑在跟綿卷同學戰鬥……那道悲鳴不是小佑發出來的嗎？」

突然被這麼一問，佑馬就再次回溯記憶。

「嗯……看見綿卷同學的臉時，我好像也大叫了，不過在這之前我確實聽見了某個人的悲鳴。」

「男生？女生？」

聽見佐羽經過簡化的問題後，近健輕輕搖了搖頭。

「雖然是尖銳的聲音，但因為是透過膠囊……」

「這樣啊……」

從點頭的妹妹臉上發現些許憂慮的神色，佑馬一瞬間停止呼吸然後才畏畏縮縮地表示：

「小羽，難道……那道悲鳴是來自於小凪……」

「我也不知道啊！」

佐羽露出激烈的感情，但是立刻就把它壓抑下來。

「……我想大概不是。小凪從膠囊裡出來的話，一定會使用裡面或者外面的拉桿。既然沒有這樣的情形……就表示小凪沒有從裡面出來。」

那麼究竟是到哪裡去了，佑馬跟近健都沒有提出這個極為理所當然的問題。

現在Altair裡不斷發生會從根本毀壞現實世界常識與原則的異常事態。小凪從密閉的Caliculus裡面消失這種事情，也沒辦法說絕對不會發生。但就算是這樣——

「……即使如此，她應該還是在某個地方才對。」

佑馬的呢喃，讓佐羽先是瞪大了紅寶石色的眼睛，接著更用力點頭表示：

「當然是這樣。我也這麼認為。」

「那我們就得去找她才行。愛哭凪那麼愛流眼淚。」

這麼說的是近健。以前每次被叫愛哭凪就哭哭啼啼地說「我才不是什麼愛哭凪」的水凪，這兩三年突然給人變沉穩的印象，但是對佑馬他們來說依然是那個愛哭的青梅竹馬。

「找到之後，我要打小報告，說你又叫她愛哭凪。」

佐羽的發言讓近健急忙表示「當我沒說、當我沒說！」，佑馬則是拍了拍他的背部。

「要追加目標了。把綿卷同學恢復原狀，還有找到小凪。」

「嗯。」

佑馬回過頭去第二次互碰拳頭。雖然速度相當快，但這次近健也不覺得痛了。咧嘴笑了一下後，在依然把手放在空中的情況下茫然張開嘴巴。

「……怎麼了，近健？」

「沒有啦……只是在想既然能用QLEST，那不是可以傳電子郵件或者打電話嗎？」

「啊。」

佑馬也張大了眼睛與嘴巴。

他說的一點都沒錯——甚至對自己沒有率先想到這個方法而感到不可思議。

由於起動了Actual Magic，虛擬桌面變成了遊戲的版面，但左下角還是有用來叫出QLEST機能的系統選單圖標。跟近健同時按下圖標，從打開的選單畫面擊點電話圖標。

然後兩個人同時發出「唉……」的嘆息聲。電話應用程式顯示著沒有連接網路的紅色標誌。這樣就無法聯絡小凪，當然也不可能打電話給其他同學、級任老師、學校以及自己家裡了。

「……我說你們兩個，我怎麼可能沒先試過打電話呢。」

聽佐羽以傻眼的聲音這麼說，兩個人便同時喪氣地點點頭並收起選單畫面。

「……果然沒辦法偷懶，得自己邊走邊找啦。」

「是啊。」

跟近健聊著無謂的話題，但是在腦袋裡的記事本寫上「尋找有線通訊裝置後再試試看」。

從Caliculus的升降台回到通道上後，佑馬就脫掉上衣遞給佐羽。雖然做泳裝般打扮的本人沒有露出任何害羞的模樣，但應該會覺得冷吧——即使心裡這麼想，對方卻立刻表示「不用」並且把衣服推回來。這種時候的佐羽，不論跟她說什麼都沒有用。在腦內記事本追加上「找出尺寸合適的服裝」這樣的任務後，佑馬就把夾克穿了回去。

再次開始討論的三個人，決定先把這個1號遊戲室徹底搜索一遍。圓形的房間直徑大約三十公尺，這就表示鄰接牆壁的外圈通道的長度要乘以三．一四，大約是九十四公尺。目前只調查了四分之一左右，而且內側還有一條通道。

「……如果有手電筒就好了……」

以逆時鐘方向在外圈通道走了短短五秒鐘，近健就吐露這樣的不滿。天花板的緊急照明除了亮度不足，照耀的範圍也很狹窄，即使打開接目鏡的夜視補正機能，也無法看透並排在通道左側的Caliculus下方暗處。比如說有誰——或者什麼東西藏在裡面，在走到近處之前應該都無法發覺吧。

但大步走在前頭的佐羽像是能在黑暗中視物一樣，最後停在一座受到嚴重破壞的膠囊前面。原本以為她要調查那個膠囊，結果是從掉落到通道上的殘骸山裡面，拉出一條長長的鋼材，看來原本應該是構成支撐膠囊框架的部件。只以一隻右手拿起長達一公尺的鋼材……

「近健，這個。」

然後遞了出去。

「喔……嗯。」

接過去的近健忍不住說了句「好重」，但以雙手揮動數次之後又加了一句「……也沒多重啦」。

佑馬也再次撿來和澄香戰鬥時發現的五十公分左右的鋼材，老實說這個尺寸已經是能自由自在揮動的極限了。在AM世界是戰士的近健，在轉職時筋力值的成長幅度果然比較大吧。

想著這樣的事情後，腦袋就開始覺得暈眩。這裡明明是現實世界，卻適用什麼職業、能力值等等的概念，老實說還是無法順利接受這種狀況。

「……真是的，是在玩遊戲嗎……」

小聲這麼呢喃之後，靠過來的佐羽就以嚴肅的表情呢喃：

「是遊戲喔。但是死亡就全部結束了。」

「咦……？」

「ＡＭ的話，就算死掉也只是回到城鎮，但現在我們的身體不是虛擬角色而是真正的肉體。小佑的傷還沒完全痊癒吧。」

動作稍微大一點的話，右肩跟背部確實還是會感到刺痛。

佐羽稍微加大聲音繼續說道：

「近健也要好好記在腦袋裡……現實世界的話是不可能『死亡回歸』，也無法保證復活魔法能發揮效用。說起來，我們的等級完全不足……所以不論什麼狀況，都要以活下去為最優先事項。」

「…………嗯。」

即使跟好友同時點了點頭，佑馬內心還是感到有些疑問。

明明是雙胞胎，佐羽卻總是比佑馬更加冷靜，判斷也相當適切。當然兩個人在玩ＭＭＯＲＰＧ時，大多由佐羽擔任後衛的魔法職，佑馬則是負責前衛的戰士職。所以遇見這種異常事態的時候，對於佐羽做出各種指示的狀況不會感到不對勁。但就算是這樣，佐羽也實在太過冷靜了。簡直就像知道什麼佑馬與近健不清楚的事情一樣……

——不對，是自己想太多了。佐羽從以前就很聰明，而且討厭落敗的她總是很努力。想到自己要是在這裡亂了分寸將會一起失去生命，所以才會像這樣拚命想要做好隊長的工作。

既然是這樣的話，身為哥哥的佑馬也必須支持佐羽才行。要多用腦袋思考，試著去知道Altair……Actual Magic的遊戲測試玩家究竟發生了什麼事才行。

「近健，那根棒子借我一下。」

佑馬在右手拿著自己的鋼材的情況下伸出左手，近健稍微噘起嘴來。但他不滿的不是交出武器，似乎是因為佑馬稱呼鋼材為棒子。

「我把它叫做迪朗達爾了。今後蘆原兄妹也要這麼稱呼它。」

佑馬一邊回答「是是是」，一邊接過那跟隨著聖諭遞過來的鋼材。

果然比右手的鋼材重了將近一倍。兩腳不用力踩穩的話，甚至會快要站不住。佑馬承受著兩手的重量，同時把視線往左上角看並且點了點頭。

「……原來如此。」

「什麼原來如此？」

「HP／MP條的下面，出現了超過裝備重量負荷的圖標。」

「呃，真的假的……」

把迪朗達爾還給雙眼瞪大的近健後，圖標立刻就消失了。佑馬握緊自己的短棒，然後點點頭。

說起來這個空間……恐怕Altair的整個內部，都遭到Actual Magic的遊戲系統「侵蝕」了。

處於現實世界的物理法則與身體能力都藉由系統擴張，或者是扭曲的狀態。所以才能使用魔法以及揮舞沉重的鋼材，但是基本上……這裡是現實世界，佑馬他們是活生生的人類這樣的原則仍沒有改變。要是忘了這一點，大概會受到嚴重的報應。

「我知道了，小羽。」

面對佑馬省略思考過程的回答，妹妹稍微露出笑容並且點了點頭。

「那我們繼續探索吧。我也好不容易才找到而已。」

「咦……找到什麼？」

「還沒打開的膠囊。」

如此回答並且用手指著的前方，確實有一個平安無事且蓋子依然關著的Calliculus坐鎮在該處。佑馬他們警戒著周圍靠過去並且爬上升降台。

「這個膠囊的緊急脫離拉桿也維持著原狀。」

窺探膠囊下方的近健這麼說道。

「……要打開嗎？」

「試試看吧。」

在佐羽的指示下，近健握住拉桿用力一拉。

上鎖的膠囊「喀咚」一聲打了開來，佑馬慎重地抬起上浮的蓋子。雖然早就這麼猜想，不過內部果然跟小凪的膠囊一樣空無一物。

「其他關著的膠囊大概都是空的吧……」

佑馬一這麼說，近健就站起來環視著微暗的空間。

1號遊戲室裡，應該沿著外圈通道設置了四十八座，內圈通道則設置了三十二座，總共設置了八十座Caliculus。當中還關著的膠囊大約是三成左右。原本在這個遊戲室的八十名遊戲測試玩家當中，六年一班的學生有四十一個人，直接按照這樣的比例來計算的話，大約有十二名左右的學生在關著的膠囊裡面像煙一樣消失得無影無蹤。

「但是，待在蓋子還沒打開的膠囊裡的那些人，應該跟我們一樣可以到外面來吧。那些傢伙究竟到哪裡去了……？」

佐羽回答了近健的疑問。

「照一般的情形來看，應該回到一樓大廳了吧。」

接著又用最小的音量加了一句「能回來的人啦」，但是近健似乎沒能聽見。

「啊……啊～……對喔，這個房間也有出口……」

這麼呢喃後，把臉朝向三個人目前位置的正對面——遊戲室的南側。雖然被內圈高出一段的Caliculus擋住而看不見，不過該處的牆壁應該有通往梯廳的門才對。

「欸，我們不去大廳沒關係嗎？現在蝦味仙跟德國應該在聚集一班的同學了……」

聽見這個綽號，佑馬遲了一會兒才想起指的是帶領一班來到此地的級任導師蝦澤友加里。蝦澤（蝦味仙）老師跟擁有「德國」這個莫名綽號的主任原岸峰二沒有參加遊戲測試，應該待在一樓大廳的咖啡廳等待學生回來才對。

當然Altair裡除了蝦味仙跟德國之外，還有許多沒有進入Caliculus的大人。像是該設施的職員與商店店員、工程師、警衛……合計應該不下百人吧。他們現在到底怎麼樣了呢？

——或許……什麼事都沒有。

——發生異常的就只有這間1號遊戲室，從南邊的門出去搭電梯到下到大廳之後，那裡就不存在魔法與怪物，和平的世界就這樣理所當然地繼續下去……

腦袋裡突然閃過這種倚賴毫無根據希望的思考，但佑馬隨即咬牙甩開這樣的念頭。

所有男孩子憧憬的綿卷澄香變成怪物想殺害佑馬跟近健，現在被封印在卡片裡收進口袋當中。從懂事後就玩在一起的青梅竹馬茶野水凪在Caliculus裡失去蹤影，不知道跑到哪裡去了。連雙胞胎的佐羽都長出了角與翅膀。在這樣的狀況下，怎麼可能回歸日常。

「……是要去大廳沒錯，但在那之前還是先把這間1號遊戲室調查清楚。說不定能發現究竟發生什麼事的線索。」

佑馬堅定地這麼說完，近健也嚴肅地點頭發出「嗯」一聲，佐羽則不知道為什麼輕笑了起來。

「……笑什麼啊。」

「沒什麼。」

妹妹露出若無其事的表情，佑馬用手肘輕撞了一下她的側腹部，結果立刻遭到反擊。這是雙胞胎之間重複好幾年的例行溝通。也給感到很無奈般聳了聳肩的近健一記肘擊後，就往下走到通道上。

三個人雖然持續調查，但沿著外圈通道的所有Caliculus不是幾乎毫髮無傷且蓋子已經打開，就是完好如初且蓋子也還關著但內部空無一人，又或者是受到嚴重破壞這三種情形。雖然很想仔細調查遭到破壞的膠囊，但全都是連爬上升降台的階梯都崩壞的情形，所以難以靠近。

走了四分之三的外圈通道後，前方右手邊的牆壁上出現一扇大型自動門，左手邊則是連接著內圈通道的階梯。黑色調光玻璃的自動門，簡直就像被汽車衝撞一樣往外側傾倒，其後面的梯廳照明也消失了。

「……喂喂，是要被什麼東西撞到才會變成那樣……」

近健邊這麼呢喃邊試著要靠近自動門，結果佐羽全力拉住他尼龍連帽衫的衣角。

「咕咿！做……做什……」

「近健、小佑，那邊！」

佐羽隨著尖銳聲音所指的是破碎且傾倒的自動門前方的地板。凝眼一看之後，發現有某個巨大塊狀物掉落在那裡。那不是Caliculus的碎片。沒有特定形狀，大小就剛好跟佑馬的身體差不多。

猛烈地吸了一大口空氣，強烈地感覺到原本已經忘記的鐵鏽味。一陣從背部往後腦杓竄過的麻痺感，兩條手臂出現許多雞皮疙瘩。

不想靠近——但又不能不去調查。

緊握鋼材，一邊警戒周圍一邊慢慢往前進。當浮現希望能有照明的念頭時，站在旁邊的佑羽就輕聲呢喃著：

「Flamma（火啊）。」

伸出的左手指尖亮起橘色的小小火焰來照耀周圍。那是為了發動炎系魔法的屬性詞——但是佑羽沒有繼續詠唱後續的形態詞。這時佑馬才終於注意到妹妹的意圖。

「對喔……只詠唱屬性詞的話，就可以用來照明了。那個可以一直點著嗎？」

「不行，十秒以內不詠唱形態詞的話，就會被當成詠唱失敗然後ＭＰ減少。」

「那得快點調查才行……」

佑馬承受著恐懼，提升了走路的速度。

內心有種預感。但認清在橘色光芒照耀下的黑色塊狀物是人類——小孩子身體的瞬間，兩腳的所有關節就拒絕再動。當佑馬快要跌倒時，佑羽就迅速抓住他的左手。

雖然妹妹的手很冰冷，但是肌膚與肌膚互碰的感覺，重置了佑馬幾乎快陷入恐慌之中的意識。佐羽應該也很害怕才對。雖然是雙胞胎，但做哥哥的不能老是倚賴她。

「抱歉。」

簡短的呢喃之後，大步走過最後的兩公尺。在該處經過十秒鐘，佐羽指尖上的火焰發出「噗咻」一聲尷尬的聲音後消失了。這次換成佑馬伸出左手，詠唱出光屬性的魔法。

「Lumin（光啊）。」

指尖帶著白色光芒，讓腳邊變得更加明亮。

趴著倒在地上的同年代少年。身上穿著淡藍色外套與青蔥色七分褲。也就是六年一班的某個男學生。

只看一眼就知道對方已經失去生命。左腳像是被巨大力量扭斷般往外側彎曲，折斷的小腿骨刺破皮膚整個外露。右臂連同外套的袖子整個消失，從該處流出的大量血液在屍體下方形成紅黑色水窪。鐵鏽味的源頭就是這裡。

突然間，站在後面的近健從喉嚨發出奇妙的聲音。他一跑到通道的另一邊就開始劇烈地嘔吐。

也難怪他會這樣。佑馬數秒鐘前也被胃部翻攪的感覺襲擊。但是在雙眼滲出淚水的情況下拚命地撐住了。

花了數秒鐘趕走嘔吐感後，下定決心在屍體旁邊蹲了下來，接著把右手的鋼材放到地板上。朝屍體說了一聲「抱歉」後，就用右手把它翻面朝向上方。

柔軟、微溫——沉重。

遠遠超出想像的強烈重量。現在想起來，六年級男生的平均體重達四十公斤，即使失去一條手臂，光用一隻手要翻過這樣的重量絕不容易。

深深沉下腰部，踏穩腳步，擠出受到系統強化的筋力來把屍體翻面。

明明是為了看長相，視線卻率先被胸部吸引過去。領帶與襯衫、內衣全被扯破，外露的胸口中央開了一個巨大的洞。

佑馬直覺地產生「沒有心臟」的念頭。

「……被吃掉了嗎……」

佐羽以極低沉聲音這麼呢喃時再次過了十秒，佑馬左手上的光芒消失。ＭＰ條雖然只減少了一丁點，但如果Actual Magic的系統適用於此地的話，等級7的佑馬減少了一兩點ＭＰ應該立刻就會自然恢復了吧。

另一方面，佐羽在對綿卷發射一發「火焰箭」後，又為了治療佑馬與近健而使用了兩次「治癒水滴」魔法，因此ＭＰ應該還沒完全恢復才對。於是急忙詠唱同樣屬性的咒文來重新呼喚出亮光。

光線照出仰躺的屍體臉部，就在這個瞬間。

佑馬受到比剛才更加強烈的嘔吐感襲擊，於是用右手遮住嘴巴。

不只因為是認識的長相。因為那張臉上還刻畫著至今為止的人生裡從未見過的，栩栩如生的恐懼表情。

兩顆眼睛瞪大到像要掉出來一樣，染血的舌頭從扭曲到歪斜的嘴裡伸出來。簡直就像在發出悲鳴途中失去了性命。

「…………那道悲鳴……」

好不容易把嘔吐感壓抑下來，佑馬用沙啞的聲音這麼說道。

「……我跟近健聽見的悲鳴，是這傢伙……三浦發出來的……」

三浦幸久。座號三十七號。個性開朗又愛耍寶，雖然有時女孩子會覺得他很煩，但他還是毫不死心地搞笑以及講笑話，讓跟他感情很好的那群學生發笑。雖然無法判斷清醒後聽見的悲鳴是來自男生還是女生，不過那道尖銳的聲音這時自然地跟記憶中三浦的笑聲重疊在一起。

清醒之後，在Caliculus裡面聽見像是三浦的悲鳴，接著佑馬就立刻打開蓋子來到外面。然後在往下走到通道上時，遭遇到變成怪物的綿卷澄香。這就表示……

「……那是『裴洛西』嗎……？」

或許是把東西都吐完了吧，走回來的近健發出沙啞的聲音這麼詢問，佑馬便默默點了點頭。跟主任（德國）一樣不知道由來，不過大家都以裴洛西這個綽號來稱呼三浦。他平時跟佑馬沒有什麼交集，不過應該經常跟近健對戰ＱＬＥＳＴ的小遊戲。

時間再次經過十秒鐘，魔法光芒消失。但已經不想再照出同學悽慘的死亡臉龐，於是佑馬就撿起鋼材後退到近健身邊。

「……難道說，綿卷同學殺了他嗎？」

這也是佑馬幾秒鐘前所想的事情。

可能性不低，甚至應該說只有這種可能。那個時候，澄香出現的時機與方向，跟這種狀況完全沒有任何矛盾之處。然後……三浦整條遭到扯斷的右臂。變成怪物的綿卷澄香就拿著人類的手臂當成棍棒揮舞，藉此打倒了佑馬跟近健。那條手臂恐怕是——

「…………！」

突然注意到一件事情，佑馬從口袋裡抽出澄香的怪物卡片。在Actual Magic內，只要擊點這張卡片就能打開使魔的能力值視窗，藉此來確認各種資料。能看見ＨＰ／ＭＰ條的話，應該也能叫出視窗才對。

以僵硬的小指輕敲卡片後，就隨著清脆的效果音出現一個藍色矩形。佑馬隨即把臉湊過去，閱讀著上面以小小文字所列舉的情報。

「綿卷澄香」
夜之惡鬼（Night Fiend）
等級17
HP75／279　MP38／40
忠誠值64
技能
·剛力／熟練度31
·劍化／熟練度24
·非視覺感應／熟練度48
·痛覺抗性／熟練度42
·暗抗性／熟練度67
·冰抗性／熟練度43
裝備
·短夾克／物理防禦力4、魔法防禦力0
·長袖襯衫／物理防禦力2、魔法防禦力0
·百褶裙／物理防禦力3、魔法防禦力0

・皮靴／物理防禦力２、魔法防禦力１

・三浦幸久的右臂／打擊攻擊力18、魔法攻擊力３

看見裝備欄最後標記的道具名，一瞬間湧上第三次而且是最大的嘔吐感，佑馬就低嘔了起來。佐羽立刻幫忙撫摸他的背部，這才避免直接吐在三浦的屍體上面，但逆流的胃酸還是灼傷了喉嚨。佑馬強烈地想要喝水。

反覆著急促的呼吸，好不容易才恢復冷靜的佑馬身邊，窺看著澄香能力值的近健就低聲呢喃著：

「……搞什麼，裴洛西的手臂怎麼會是裝備道具……裴洛西又不是遊戲角色……」

——不對，已經有一半是了。在Actual Magic逐漸侵蝕現實世界的現在，三浦、我、近健還有佐羽，全都是被強迫遊玩這款遊戲的遊戲角色。

腦袋角落雖然這麼想但是沒有說出口，佑馬只是默默點點頭。

「小佑……不能把裴洛西的手臂還給他嗎……」

跟三浦交情很好的近健會這麼想也是理所當然。被扯掉的右臂也得回歸它應該在的地方……作為同班同學，佑馬也想至少為他做到這件事。但是……

「……這樣的話，就必須把綿卷同學從卡片裡解放出來。」

小聲這麼說完後，近健就無聲地張開嘴巴，然後立刻合上。佑馬看著好友混雜各種感情的臉龐並且說道：

「綿卷同學應該變成我的使魔了，忠誠值也沒想像中那麼低，就算把她叫出來應該也不會襲擊我們……我想啦。但這種狀況下實在很難說什麼絕對，在卡片裡面的時候已經恢復了不少HP，要是襲擊過來的話，想再次捕獲她就必須先給予她傷害……」

「等等……抱歉。當我沒說過吧。」

近健迅速搖了搖頭，然後低頭看著地板上的屍體。

「……但是，至少想讓他好好躺在什麼地方……」

「空的Caliculus裡面如何？」

做出這個提案的是佑羽。佑馬跟近健面面相覷，然後同時點頭。

「那我把那邊的膠囊打開，你們兩個人把三浦同學搬過來。」

以冷靜的聲音這麼說完後，佑羽就朝最近一座關著的膠囊前進。佑馬再次把鋼材放到地板上，接著繞到三浦腳邊，用雙手牢牢抱住折斷的左腳與平安無事的右腳。移動到頭部旁邊的近健也放下迪朗達爾，然後把手臂插到他的背部下面。兩個人配合彼此的呼吸，慎重地將屍體抬起來。下一個瞬間，視界左上方就亮起了超過可裝備重量的圖標。

一個人大約有二十公斤的負重，如果是以前的佑馬，光是要撐住就已經用盡全力了吧。即使有轉職之後增加的筋力，要是一個大意也很可能會當場跪下去。

「……最大的哥哥平常喜歡登山。」

近健一邊慎重地退後一邊這麼呢喃。

「他說醒著的人就算是一個人也能搬得動，但是昏迷……或者死亡的話就會變重，要搬運將會變得很困難。我聽他這麼說的時候，還在想人不論醒著還是昏迷重量還是不都一樣……」

佑馬也能理解好友想說些什麼。

在校園裡玩或者上體育課的時候，偶爾會揹著自己的同學。當然絕對不算輕，但不至於連一步都走不動。但是三浦的身體少了一條手臂，血也幾乎都流光了，而且還有兩個人一起搬運，卻還是重到像要讓球鞋陷入地板裡一樣。

即使如此還是想盡辦法走過通道，但階梯才是最累人的部分。明明只有七階，在把屍體抬到升降台上時，兩人都已經是氣喘吁吁。擠出渾身的力量，靜靜地讓三浦躺到佐羽幫忙拉下緊急逃生拉桿的Caliculus裡面。

當佑馬與近健不停地喘氣時，佐羽就把上半身伸進膠囊裡，將三浦整個打開的嘴巴與眼睛合上。在動畫裡面明明只要輕撫一下就能合上，現在卻需要用雙手按著數十秒才行。

三個人並排在一起默禱之後，就走下階梯回到自動門前面。

撿起兩根鋼材，把長的遞給近健之後，佑馬就回頭環視著1號遊戲室。

外圈通道的四十八座Caliculus幾乎都調查完畢了，但內圈的三十二座則是都沒有動過。就目前的結果來看，實在不認為還能從Caliculus獲得什麼新的情報，不過或許能找到什麼不一樣的東西。比如說——其他同班同學的屍體。

或許是想著同樣的事情吧，近健以陰鬱的表情開口表示：

「……還是把上面的通道也……」

但他的話被佐羽尖銳的聲音打斷。

「噓！」

把右手食指放到嘴唇上後，就用左手指著梯廳。

「好像有什麼聲音。」

「咦……？」

皺起眉頭的同時，佑馬的聽覺也捕捉到了妹妹所說的聲音。

「滋嗯」「咚嗯」這種沉悶的衝擊聲，以及又細又尖的小孩子聲音——不對，是悲鳴。雖然遙遠但總算是能聽出方向。不是上面而是來自下方。直覺讓佑馬了解有人在一樓大廳受到某種東西的襲擊。

「……得過去才行！」

以壓抑的聲音這麼叫著，佑馬就準備朝電梯前進，但是佐羽卻抓住他外套的衣角把他留了下來。
「等一下，小佑。近健也是。」
在回過頭來的兩個人說些什麼之前，佐羽就以猛烈的速度說出一大串話來。
「要去救人是可以，但要是遇見跟澄香一樣怪物化的人，接下來就沒有想東想西的時間了。即使那是班上的某個人，只要襲擊過來就得毫不猶豫地戰鬥。我能使用的回復魔法就只有『治癒水滴』，那是超級慢的HoT，對於瞬間發生的重大傷害沒有效果。所以如果覺得不太妙……」
她的話到這裡就突然停了下來，不過很明顯是想要說「就立刻逃走」。佑馬甩開猶豫，用力點了點頭。
「知道了——我們走吧。」
這次佐羽也默默地點頭。跟近健面面相覷之後，就踏過被推倒的自動門殘骸來到梯廳。右側牆上並排著三扇大型電梯的門，但是看不見顯示燈的亮光。佑馬跑了過去，拚命按著往下的按鍵也沒有任何反應。
「大家大概都是走樓梯下去的吧。」
聽見佐羽的聲音後往右看去，發現畫著階梯圖案的防火門呈半開狀態。而且地板與牆壁上有幾處黑色汙漬——看起來應該是血跡。

「我來打頭陣吧。」

如此宣言的近健，雙手握著迪朗達爾朝著門走去。窺探了一陣子門後面的狀況後，便朝佑馬他們點頭。

雖然防火門後的樓梯間變得更暗，但埋在牆裡的緊急照明仍發出微弱光芒，所以不需要使用魔法。樓梯平台的右邊是往下的階梯，左邊則可以看見往上的階梯。

上面的樓層不知道怎麼樣了，雖然一瞬間這麼想，但現在必須趕往傳來悲鳴的一樓大廳才行。在近健領頭之下，快步走下印著無數染血腳印的階梯，從果然同樣整個敞開的門來到一樓的梯廳。

右手邊寬敞的大廳進入視界的瞬間，佑馬就因為意料之外的光景而嚇了一跳，並且低聲喘起氣來。

「為什……麼？」

好暗。

但不應該是這樣。

跟沒有窗戶的遊戲室不同，Altair一樓大廳的牆壁應該大部分是落地窗。實際上，上午十一點六年一班的學生們踏進Altair的時候，就從東南方的落地窗照射進來滿滿的五月陽光，把以黑色為基調的大廳照得十分明亮。

顯示在視界右下方的現在時刻是下午三點二十分。以這個季節來說，太陽下山的時間實在太早了。

但是包圍大廳的超巨大玻璃牆後面卻宛如深夜一樣黑。

不對，不只是夜晚那樣的程度而已，根本是完全的漆黑。Altair是蓋在十四萬人生活的希望市市中心。就算是深夜，應該也能看見鄰接的道路或者商業大樓的燈光才對。而這些完全不存在，到底是——

「……啊啊啊啊啊！」

再次傳來小孩子的悲鳴，這次聽得相當清楚的佑馬頓時回過神來。跟窗外比起來，現在還是得思考應該在裡面……大廳某處的同班同學的事情才行。

占據一樓南側的主要大廳呈切成一半的年輪蛋糕狀，是由兩面牆壁來區隔。最南端的入口正面是購票櫃檯，右手邊是購物區，左手邊則是咖啡廳。櫃檯內側看不見工作人員的身影。

——不對。

緊急照明的微弱燈光所照出的大廳地板上，滾落著幾件大型物體。雖然數量不到十個，不過恐怕全是大人的屍體。

快要凍結的意識，因為再次響起的悲鳴以及激烈的金屬聲而再次起動。

「在那邊！」

大叫完後強行動起腳來。橫越地板散布著破布般屍體的大廳，通過購票櫃檯前面朝著購物區方向前進。「嘎鏘、嘎鏘」的衝擊聲與複數的悲鳴裡混雜著新的聲音。那是渾厚、猙獰的野獸般低吼。

桁架構造隔牆後面的購物區入口被金屬管連接起來的管狀鐵捲門給封鎖住了。之所以會產生衝擊聲與低吼，是因為某個人，不對，是某種東西試圖用身體撞破鐵捲門的緣故。

三人急忙躲藏在隔牆後面，凝眼看著那個物體。

非常巨大。身高遠比小學生就有一百六十五公分的近健高出許多，應該超過兩公尺半吧。寬度也相當可觀，每次行動包裹在灰色皮膚底下的肉都會不停震動。手腳雖然短但是異樣地粗大，然後頭部——怎麼看都不像是人類。

從鬆垮的皮膚呈皺褶狀疊在一起的脖子高高突出的頭部，看起來就像是由肉塊構成的三角帽子。兩公尺半的身高裡面，尖尖的頭部大概就占了五十公分。臉的部分雖然沒有眼睛跟鼻子，但是跟身體的連接處有水平裂縫般的嘴，從該處隨著渾厚的咆哮撒下大量的唾液。

「……………那是什麼啊……」

佑馬無法回答近健以沙啞聲音提出的問題。

襲擊兩個人的綿卷澄香雖然眼睛與鼻子消失了，但外型至少還是人類的模樣。但反覆用身體衝撞鐵捲門的生物，不論是手腳的比例還是肌膚的質感，最重要的是三角錐狀的尖頭都跟人類相差甚多。

那也像綿卷澄香一樣，是Actual Magic玩家改變容貌變成的嗎？還是說──真正的怪物出現在這個現實世界的Altair裡面了？

鐵捲門內側以大型陳列架建構起街壘，悲鳴是從街壘內側傳出來。看來裡面有複數的小孩子支撐著街壘。但是在佑馬他們注視的期間，鐵捲門的金屬管已經漸漸扭曲，街壘也被往後推，看來應該撐不了多久了。

「……得想想辦法才行。」

佑馬下意識中發出的呢喃，讓佐羽產生敏銳的反應。

「那個尖頭怪物，ＨＰ跟物理防禦力應該相當高。憑你們的鐵棒無法打倒他。」

「但是……不能丟著不管。商店裡面一定是一班的……」

「我知道。雖然只能用魔法來戰鬥……不過我的ＭＰ還回復不到一半。」

佐羽的聲音裡帶著焦躁感。如果是在ＡＭ世界裡，只要喝下ＭＰ藥水就能夠回復，但現實世界不可能有那種東西。然後ＭＰ的自然回復速度也會因為職業與技能構成而有所不同，不過低等級時速度都慢到完全派不上用場。

佑馬雖然也能使用魔法，但除了魔物使專用的暗屬性魔法「捕獵手」之外就都是初步的泛用魔法，連一個攻擊魔法都沒有學會。而純戰士的近健則是只會物理攻擊。

佑馬用力閉緊原本想詢問妹妹該怎麼辦的嘴巴。

佐羽的側臉也相當緊繃，額頭滲出小小汗珠。在這個什麼都不知道的極限狀態之下，佐羽雖然一路引導著佑馬跟近健，但她的內心一定也很害怕。同班同學不是變身成怪物，就是慘遭殺害，好友小凪則是消失不見……然後自己的身體還長出角與翅膀。怎麼能夠一直倚賴在這種狀況下還死命撐住的妹妹呢。

——用自己的腦袋思考出打倒那隻怪物的方法。

正如佐羽所說的，尖頭怪的巨大身軀被看起來很堅硬的皮膚與厚厚的脂肪保護著，以沒有刀刃的鋼材毆打牠應該沒有什麼效果吧。像這樣的怪物通常會用魔法來對付，但三個人裡面唯一能使用攻擊魔法的佐羽目前MP也處於枯竭狀態，因此無法使用魔法。

如果這裡是遊戲世界，那現在就是先行撤退來備齊裝備，並且補滿MP的場面。但現實世界的Altair裡面，不存在販賣劍或者長槍的武器店，或者販賣藥水的道具店。只能用現場有的東西來想辦法……

這個地點。

瞬間有小小的天啟降臨。

雖說是受到遊戲系統的侵蝕，這裡怎麼說都還是現實世界。這樣的話，應該有遊戲世界沒有的東西才對。沒錯……如果是這種規模的設施，一定……

「小羽、近健。能到大廳在那個傢伙面前逃竄兩……不對，逃竄一分鐘嗎？」

小聲這麼問完後，佐羽花了兩秒，近健則是三秒鐘後點了點頭。

「嗯，牠的動作應該不快。不過，你打算怎麼做？」

雖然佐羽這麼反問，但是沒有從頭說明作戰的時間了。

「總之拜託你們就對了！近健要是覺得危險就從樓梯逃到二樓……」

佑馬的發言被吵雜到快讓心臟停止般的金屬聲打斷了。

無法承受怪物不斷用身體衝撞的管狀鐵捲門，天花板的托架脫落後掉了下來。這下子保護購物區內學生們的牆壁就只有臨時堆起的街壘了。就算從內側抵住，憑小孩子的力量，應該撐不過一兩次的身體撞擊吧。

「——我來吸引牠的注意！近健從旁邊加以牽制！」

這麼大叫完，佐羽就撿起附近應該是屬於犧牲者的汽車中控鑰匙。接著以上肩投法把橢圓形的中控鑰匙投擲出去。

佐羽不愧是從以前就比佑馬還要會傳接球的人，鑰匙一直線飛翔，命中尖頭怪的側面，原本準備朝著街壘衝過去的巨人，發出「咕噗嚕……」的低吼並且把臉轉向三人。

「這邊啦，怪物！」

近健叫出巨大聲音的瞬間……

「咕噗、咕噗哦！」

巨人就發出不知是憤怒還是歡喜的聲音離開街壘。牠壓低上半身，像是要把尖銳的頭部刺出去一樣，用力踩了好幾下地板——

「小佑，快去吧！」

被佐羽用右手一推，佑馬就不等待巨人衝過來就回過頭往地板踢去。幾乎在同一時刻，後方就傳出猙獰的吼叫與地面震動的聲音。

——你們兩個要加油啊！

佑馬沒有出聲只在內心這麼祈禱著，接著就朝購票櫃檯猛衝。跳過黑色櫃檯來到內側。繼續在弧形櫃檯內通道跑了十公尺左右，就看見目標出現在右手邊的牆上。標示著「STAFF ONLY」的銀色門扉。當然平常應該都上了電子鎖，但整棟大樓的主電源都喪失的這個狀況——

「……快開啊。」

小聲這麼叫完並且用左手壓下拉桿門把。門把立刻轉動，門跟著移動了幾公分。到現在花了大約八秒鐘。雖然很想衝進去但還是一瞬間停下腳步，開始刺探內部的動靜。感覺不到任何的聲音與氣味。

再次推開門時，身後的大廳就傳出巨大的噪音。佐羽的叫聲則是跟噪音重疊在一起。

「這邊喔，慢郎中！」

——他們兩個沒問題。就像佐羽跟近健相信我一樣，我也得信任他們兩個人才行。

下定決心之後，佑馬就踏入門後面的空間。

後場連緊急照明都熄滅，幾乎是一片黑暗。沒辦法的佑馬只能詠唱光魔法的屬性詞，在左手點起僅有十秒鐘的照明。右手則緊握著鋼材然後繼續奔跑。

右邊的牆上出現最初的一道門。門牌上的文字是事務室——不對。下一道門是休憩室——不對。第三道門是醫務室。

就是這裡。

打開門的同時魔法光芒也消失了，幸好室內受到朦朧的橘色緊急照明照耀著。

無人的醫務室比想像中寬敞。房間左側放了三床附有簾子的床。右側則是問診桌與台車，其後方有白色櫥櫃。佑馬毫不猶豫地穿越房間，打開櫥櫃的玻璃門。

尋找的東西就在下層的大架子上。把右手的鋼材移到左手，抓住白色塑膠容器的握把把它拖出來。標籤上面的標示是五公升。雖然無法保證這樣就夠了，但是距離跟佐羽還有近健約好的一分鐘已經過了一半。下定決心不夠的話也只能使用最後的手段，佑馬隨即提著塑膠容器從醫務室衝出去。

穿越黑暗的通道，拉開金屬門回到購票櫃檯裡面的佑馬，眼前看到的是——

灰色巨人以恐怖的速度從左往右跑過。

壓低上半身，伸出尖頭突進的巨人，其前進方向可以看到佐羽纖細的身影。在牆邊等待巨人，計算好時機後往右邊滾去。

隨著「滋嘎啊啊啊嗯！」的巨響，巨人的頭部刺進分隔大廳與梯廳的牆壁裡面。塑膠的化妝板與其後方的水泥被深深貫穿，停止動作一秒鐘左右後，怪物將雙手按在牆上並且把頭抽出來。牆上留下了一個直徑約三十公分的大洞。

要是被那樣的頭槌撞到，就算經過強化，小學生的身體也絕對是不堪一擊吧。迅速起身的佐羽朝著大廳中央跑去。巨人也踩著沉重腳步改變方向，再次進入突進的體勢。

稍微瞄到從後場回來的佑馬，佐羽立刻拍著雙手並且大叫：

「嘿，尖頭鬼看這邊！」

「嘎呼嗚！」

巨人發出一聲低沉的吼叫，接著垂下尖銳的頭部。像大象一樣的腳在地面踢了好幾次後，猛然開始奔跑。被當成目標的佐羽，踩著輕快的腳步一點一點往後退。

但是腳卻被躺在地板上的屍體手臂絆到了。

「啊！」

輕叫了一聲後一屁股跌坐在地。往前猛衝的巨人，烏亮的頭部尖端垂到幾乎快碰到地面。

佑馬急著跳過櫃檯並且追上巨人。但是距離一直無法縮短。佐羽雖然也試著要站起來，但屍體穿著的針織衫袖子似乎勾住了靴子的鉤爪。

——不行了，小羽，快逃啊。快點站起來。站起來。快啊。

腦袋裡拚命這麼祈禱著，但佐羽跟巨人的距離已經剩下不到五公尺。視界變窄，手腳的感覺變得遙遠。在變得漫長的時間當中，不斷地重複著「不行了、不行了」的念頭。

這個時候——

「唔哦啦啊啊啊啊！」

有一道邊叫邊從巨人右側衝過去的人影。

是近健。用雙手揮舞迪朗達爾，往快要貫穿佐羽的尖頭怪轟下。

「嘎嘰咿咿咿嗯！」的巨大金屬聲響起。火花飛濺。名字雖然氣派但只是普通鐵棒的迪朗達爾隨即被彈飛，近健也只是跟巨人的肩膀接觸就當場被打倒。

但是這捨身的一擊並非毫無作用。巨人壓低到極限的頭部前端跟地板接觸。將地板磁磚與膠合板挖起，插進了底下的水泥地基裡。

在跌坐於地上的佐羽前方三十公分處，巨人以自己的頭部為支點變成倒立狀態後，就越過佐羽掉落在她背後。

雖然腳步受到地震般的振動影響，但佑馬還是拚命跑著。這大概是最初且最後的機會了。

不能浪費佐羽跟近健拚了命才爭取到的機會。絕對不行。

巨人掙扎著想要起身，跑過兩人左邊的佑馬，用盡全力把白色塑膠容器塞進牠寬達二十公分的嘴裡。

「噗波哦哦哦！」

以沉悶聲音大叫的巨人，隨即使出巨大的力量咬凹了塑膠容器。

佑馬用右手拉起佐羽後，一起退到倒地的近健身邊。

一眼就能立刻看出妹妹的身體沒有受傷，看來近健似乎也沒有流血。兩個人確實按照約定拖延了一分鐘的時間，所以接下來就輪到佑馬盡自己責任的時候了。

灰色巨人以短短的雙手撐向地板站起來後，再次踩著沉重腳步轉過身子。如果這裡是遊戲世界，擁有充分的攻擊手段的話，牠遲緩的轉身就是明顯的弱點，但現在只能默默地觀看。

花了兩秒鐘轉身的巨人，嘴裡咬著的塑膠容器有一半以上埋在牠的嘴裡。從啪嘰啪嘰的聲音聽起來，容器應該馬上就會壞掉了。

「……小佑，那是什麼？」

聽見佐羽以沙啞的聲音這麼問，佑馬就回答了一句：

「五公升裝消毒用乙醇。」

下一個瞬間，紅色眼睛就整個瞪大，然後又立刻瞇起來。

「……這樣啊，用來代替魔法嗎？但是要如何點火呢？」

一聽見這個問題的瞬間，佑馬的心臟就劇烈跳了一下。

乙醇怎麼說都只是助燃劑，要點火的話當然需要火種，但佑馬身上沒有打火機。佐羽跟近健應該也一樣才對。

用左手的鋼材敲打其他金屬的話或許能爆出火花。但就算踮腳尖，手也無法抵達位於高度超過兩公尺處的巨人嘴巴，何況巨人也不可能默默地看自己這麼做。

在僵住的佑馬旁邊，佐羽隨著輕聲嘆息呢喃了一句：

「……沒想過嗎——大概再逃個一分鐘，就能累積足以射擊一發『火焰箭』的MP……」

當妹妹說到這裡時，佑馬的腦海裡就回想起數十秒前的光景。好不容易才重振思緒，低聲說著：

「等等……在那之前，先讓我嘗試一下。不行的話再拜託妳用魔法。」

「嘗試……？」

瞄了一眼發出疑惑聲音的佐羽，以及依然癱坐在地板上的近健後，佑馬就換成用右手拿著左手的鋼材。

下一刻，巨人將裝有乙醇的塑膠容器咬碎了。

透明的液體溢出，一半進到怪物嘴裡，另一半則往外流。

「噗咕哦哦哦哦！」

巨人痛苦地扭動身體，飛濺的乙醇也淋到頭上。

——就是現在。

佑馬舉起右手，用全身的力量把鋼材朝巨人的頭部扔去。

邊旋轉邊往前飛的鋼材，跟尖頭的前端附近——像生鏽的鐵一樣漆黑的部分產生激烈碰撞，跟剛才被近健敲打時一樣爆散出白色火花。雖然是很微小的火種，但以及足夠點著氣化的乙醇。

巨人的上半身隨著「轟」一聲一瞬間燃燒了起來。

跟進行理科實驗點著酒精燈時一樣，泛藍的火焰照亮了黑暗的大廳。巨人噴灑出渾厚的咆哮並且揮舞著雙臂，但火焰還是沒有消失。

巨人頭上浮現藍色條狀物。是HP條。下部顯示著「尖頭巨怪」的名字跟「著火」的異常狀態。看來不用自己的手攻擊，或者自己受到損傷就不會出現HP條。

佑馬撿起反彈到附近的鋼材，往後退了幾步。

巨人的上半身幾乎被火焰包圍，進入身體內的乙醇可能也點火了吧，還從嘴巴裡噴出火柱。但是HP條減少的速度比想像中還要慢。不是火焰造成的傷害太低，而是正如佐羽的預測，HP的絕對值實在太高了。就算使用「火焰箭」，要打倒牠必須得擊中許多發才行吧，不過跟數秒鐘就會消失的魔法火焰不同，多達五公升的乙醇不會那麼容易就燒盡。

最後灰色皮膚的各處開始變黑並且炭化。空間裡飄盪著非常難聞的氣味，佑馬只能用左手蓋住鼻子。燒焦的皮膚剝落，底下噴出跟乙醇的泛藍火焰不同的紅黑色火焰。大概是積蓄在身上的脂肪開始燃燒了吧。

「噗咕！噗啾哦哦哦！」

巨人發出恐怖的悲鳴，同時劇烈地扭動身體。自身的肉體開始燃燒的同時，ＨＰ條減少的速度也變快，馬上就剩下不到一半，從藍色變成黃色。

近健在地板上以呻吟般的聲音表示：

「這傢伙……明明是怪物……卻像是……真正的生物……」

接著佐羽也低聲回應。

「沒錯，這些傢伙不只是３Ｄ物體。不過……大概只有活著的期間是吧。」

「……妳那是什麼意思……？」

佑馬的問題被巨人——尖頭巨怪往前撲倒的巨大聲響打斷了。

巨怪的ＨＰ條剩下不到兩成，已經變成紅色。上半身的皮膚這時幾乎全部燒盡，燃燒脂肪的火焰噴到三四公尺高。就在開始擔心這樣下去會不會延燒到大廳建材的時候

響起「叮咚叮咚叮咚」這種有些扭曲的警報聲，從天花板出現幾道高壓水流重點式朝燃燒

著的巨人噴射。火災檢測器對燃燒的火焰產生反應，因此起動了噴水槍型灑水器。

當佑馬因為出乎意料的事態而僵在現場，一大片白煙就掩蓋了他的視界。白煙後方的火勢急速地變弱。在白煙中唯一還能清楚看見的尖頭巨怪ＨＰ條，最後還剩下一成多一點。

——怎麼辦？剩下那些量的話，可以用物理攻擊將其歸零嗎？還是要衝去拿新的乙醇，等灑水結束之後再燒一次？

佑馬應該只考慮了兩三秒的時間。

但這就造成了致命的失誤。

「噗咕哦哦哦！」

隨著怒吼以極快速度從白煙後方伸過來的巨手，一把抓住了佑馬的身體。

「小佑！」

「哥哥！」

背後傳來近健跟佑羽的叫聲。佑馬把身體扭曲到極限，拚命朝兩個人伸出手。但指尖只差了短短幾公分而撲了空——

佑馬就被用全身血液快要逆流般的速度高高舉起。

「嘎啪啊啊啊！」

不知道什麼時候已經站起來的巨怪，一邊迸發出吼叫聲一邊把佑馬像獎盃一樣舉起。雖然火已經熄滅，但灑水器依然在灑水，高壓水流直擊佑馬的頭部與肩膀。

「嗚啊！」

雖然忍不住發出悲鳴，但真正的危險不是在頭上而是在腳邊。

「咕啪啊……」

燒得全身焦黑的巨怪，張開尖頭底部附近的嘴巴。一開始時寬度明明不到二十公分，這時卻隨著「咕鏘、咕鏘」的刺耳聲音變大，立刻就變成了三倍寬。

不會吧。

佑馬感到戰慄的下一個瞬間，巨人就放開手。

落下的佑馬下半身被無底洞般的嘴巴吞沒。每一顆都足有小孩子拳頭那麼大的亂牙，宛如裁斷機般閉起——

嘎嘰咿咿！

這樣的巨大金屬聲響起，巨人的齒列在快要咬碎佑馬的身體前停住了。

佑馬幾乎是以脊髓反射的動作，將握在右手的鋼材插進上排的牙齒與下排的牙齒之間。

「嘎啊啊！」

巨怪憤怒的咆哮讓佑馬的身體直接產生振動。從鋼材與齒列咬合的地點斷斷續續地爆出火花。

接著佑馬就看見難以相信的東西。

厚六公釐、寬五公分的鋼材逐漸彎曲成ㄑ字形。

「小佑，快點逃啊！」

在聽到近健的叫聲之前，佑馬就把雙手插進巨怪的上下顎，拚命地想把下半身抽出來。但是雙腳被不停振動的肉塊纏住，以至於難以脫身。

在佑馬拚命掙扎的期間，鋼材也持續發出摩擦聲並且彎曲，最後齒列的前端已經碰到佑馬的腹部與背部。

「唔……！」

承受著整個胃部翻過來般的恐懼，佑馬試著用雙手撐開巨人的嘴巴。但是不論他再怎麼用力，如同裁斷機一樣的齒列就一邊壓扁鋼材，一邊一公分、一公分地漸漸陷入佑馬的身體。

「小佑——！」

「哥哥，不要放棄！」

近健跟佐羽的聲音和沉悶的打擊聲不斷持續著。兩個人正在攻擊巨怪的腳。但是巨人卻完全不在意，只是魯直地持續咬著鋼材。

佑馬的腹部終於感到沉悶的痛楚。

上下齒列的縫隙只剩下不到十五公分。再過十秒鐘牙齒就要咬破皮膚，二十秒身體就會被切成兩半。

如果是虛擬世界，即使這樣死亡虛擬角色也只會變成發光多邊形並且四散，馬上就會在重生點復活了。

但這裡是現實世界。佑馬要是內臟撒落一地而死，就不可能再次復活。只會像躺在大廳各處的那些大人一樣。也如同在1號遊戲室失去生命的三浦幸久一樣。

「嗚哇……啊啊啊啊啊……！」

無法承受恐懼的佑馬發出悲鳴。

視界左上方的ＨＰ條開始減少。腹肌與背肌被壓扁，內臟開始變形。

「啊……啊……啊啊啊啊啊啊啊啊啊啊啊——！」

不像是自己聲音的尖叫，跟鋼材折斷的聲音重疊在一起。

眼前隨之一黑。

6

沙……

沙沙……

每當不可思議的聲音響起，雙腳就會慢慢浸入溫水當中。

感覺就像是睡在潮濕的沙地上。輕撫過臉龐的風包含著曾經在那裡聞過的氣味。這是……潮水的氣味。

佑馬張開眼睛。

應該是……傍晚吧。天空好紅。但立刻就注意到並非如此。在視界前展開的天空，全部染上了異常鮮豔的緋紅色，完全沒有所謂的漸層。不可能有這種傍晚的天空。

幾顆燃燒得相當刺眼的火球，拖著黑煙橫越過這樣的天空。

佑馬緩緩撐起上半身並且環視周圍。

左右是一望無際的白色沙灘。正面果然是無限延伸的水面……是海。反覆一進一退的海浪，不停沖刷著佑馬的腳。往下看自己的身體就發現竟然一絲不掛，但不可思議的是完全不會在意這種事情。

再次把臉朝向上方。

發出遠雷般聲響降下的流星……不對，是隕石群斜斜地橫越過紅色天空，漸漸消失在水平線的遠方。凝眼一看之下，注意到那個方向的天空升起了巨大的爆炸煙霧。

「星星……掉下來了……」

佑馬一這麼呢喃——

「是啊。」

右邊近處有某個人這麼回答。

往該處瞄了一眼之後，到剛才都還沒人的地方，這時竟坐著一個少年。

對方有著跟佑馬相同的體格、髮型，然後也同樣一絲不掛。能知道的就只有這些。纖細的裸體呈半透明狀，輪廓像熱蒸氣一樣搖晃著，臉龐則是看不太清楚。

至少可以確定沒聽過這個聲音，記憶裡也沒有散發出這種氛圍的熟人。但是佑馬卻不在意對方的真實身分，只是再次看向水平線。

「……掉下這麼多顆，沒問題嗎？」

「怎麼可能沒問題。」

少年的嘴巴因為露出諷刺的笑容而扭曲。

「那些隕石群，是你們所說的『P-T境界』……引起二疊紀末，地球史上最大的大量滅絕的真正原因。地殼本身馬上就要碎裂，上升上來的大量地函，將引發直達宇宙的火山爆發。然後，存在於這個星球的生命有百分之九十五會滅絕。」

「怎麼這樣……得想點辦法才行……」

佑馬準備站起來時，少年這次就發出了愉快的笑聲。

「啊哈哈哈……很遺憾，一點辦法都沒有喔。事到如今，不論是天使還是惡魔都無法阻止了……而且，你所見到的這種光景，在兩億五千萬年前就已經發生過了。應該說，沒有發生這次的大量滅絕，你們這些智人就不會誕生了……佑馬。」

被對方叫到名字後，佑馬在潮濕的沙灘上重新坐好，然後再次看向少年的臉。

「你……是誰？」

「是誰都無所謂吧。而且，現在是在意這種事情的時候嗎？」

看不見的臉龐露出諷刺的笑容，少年接著又說道：

「現在這個瞬間，你都快要失去生命了。」

「…………」

這句話讓佑馬終於想了起來。

佑馬的下半身正被頭尖尖的尖頭巨怪咬住——不對，是已經快被咬斷了。雖然試著以右手

撫摸外露的肚子，但不要說傷口了，佑馬甚至感覺不到疼痛。

「我……死了嗎？這裡是死後的世界……？」

結果少年就輕輕聳了聳肩。

「我是說快要失去生命。你處於命懸一線的狀態……不過已經快斷線了。」

「但是……根本沒有能從那種狀態下得救的方法……」

「回去後，把撐住怪物嘴巴的棒子調回原來的角度。然後使用魔物使的力量。要同時做這兩件事。」

佑馬認真地凝視著少年。宛如幻象般搖晃的臉龐依然看不出表情，不過可以知道他沒有在笑了。

「……為什麼連這種事情都知道？」

「現在這些都不重要。你到底想不想得救？」

「那當然是想啦……不過，怎麼樣才能同時做兩件事……而且魔物使的力量也就是……」

「是猶豫的時候嗎？那個大塊頭會殺掉你的朋友跟妹妹喔。」

「…………」

他說得沒錯。就算佑馬遭到殺害，佐羽跟近健也一定不會立刻逃走——應該說做不出這種事。大概會失去冷靜。胡亂地擊打巨怪，然後受到致命的反擊。

「知道了……我會照做。」

佑馬點完頭後，少年就伸出左手，輕輕拍了一下佑馬的背部。

「別猶豫啊，佑馬。我全賭在你身上了。好了，要醒過來嘍……三、二、一、零。」

7

讓人頭暈目眩的劇痛。

但是自己還活著。

佑馬沒有任何一絲猶豫就動起右手，抓住剛折斷的其中一段鋼材，用盡渾身的力量來旋轉它。鋼材再次插進巨人原本要咬破佑馬肚子的齒列當中，「嘎鏘！」一聲爆出火花。

但是角度有點不足，這樣下去幾秒鐘後鋼材就會鬆脫……正當佑馬這麼想的時候。

視界的顏色變化成淡藍色，一切全都停了下來。

不論是尖頭巨怪，腳邊的佐羽以及近健，甚至是天花板的灑水器噴射出的水流都呈現完全靜止的狀態。

在一切凍結的世界裡，只有佑馬能活動，他以左手從口袋裡抽出卡來。高高舉起後叫道：

「Aperta（打開吧）！」

立體魔法陣打開，迸發出黑色光芒——從中心「滋……」一聲出現一道人影。

穿著雪花國小制服，沒有臉的少女。

綿卷澄香。

時間再次開始動了起來。

佑馬再次插進巨怪齒縫之中的鋼材發出刺耳的聲音彈飛了出去。

就在直覺下半身這次真的要被咬斷的瞬間。

兩隻手以驚人的速度伸了過來，抓住巨人上方與下方的牙齒後阻止嘴巴合上。

被佑馬召喚出來的使魔：綿卷澄香在巨怪的肩膀上蹲下，明明沒有接到任何命令就妨礙巨人把嘴巴閉上。

「嘎！咕嘎啊！」

憤怒的咆哮跟巨怪顎關節摩擦的聲音重疊在一起。雖然無從推測怪物下顎的咬合力，但是既然連厚六公釐的的鋼材都能輕鬆咬斷，可以確定力量絕對比老虎或者鱷魚還要強大。

綿卷澄香以纖細的左右手完全承受住巨怪這樣的咬合力。不對——不只是這樣。每當響起「噗嘰、噗嘰」的聲音，巨人的下顎就會被推開數公釐。

原本快要咬碎身體的齒列壓力減弱，佑馬「噗哈……！」一聲吐出憋住的氣息。

就像是以這聲吐息作為訊號，綿卷澄香大大地張開一直裂到耳朵的嘴——發出吼叫聲。

「沙啊啊啊啊啊啊！」

纖細的雙手手背「嗶嘰！」一聲浮起骨頭。

澄香壓低上半身，聳起雙肩，以像要表示這就是全力般的速度撐開巨人的嘴巴。

肌腱與肌肉斷裂，軟骨整個粉碎的恐怖聲音響徹全場——尖頭巨怪的上下顎被拉開將近一公尺的距離。

「哦咕哦哦哦哦哦！」

迸發出渾厚怒吼，或者是悲鳴的巨怪，巨大身軀在不自然的體勢下靜止不動。

浮在頭上那剩下不到一成的HP條瞬時煙消雲散——下一刻，灰色巨人就變成無數黑色碎片四散了。

失去支撐後整個人往下掉的佑馬被某人用兩條手臂接住。沒有注意到接住自己的人是近健，佑馬只是凝視著巨怪的碎片。

黏稠質感的半透明碎片們，像一群小蟲之類的東西一邊呈漩渦狀捲動一邊上升。其前進方向浮著一個直徑三十公分的黑色圈圈，碎片就以極快的速度被圈圈吸了進去。

可以看到圈圈當中有某種紋章般的東西……才剛這麼想，吸收完所有碎片的圈圈本身也消失了。

灑水器的灑水也不知道什麼時候停了下來，寬敞的大廳籠罩在寂靜之下，彷彿剛才的激戰從來沒有發生過一樣。

突然可以聽見「啪嚓、啪嚓」的潮濕腳步聲。

佑馬動著朝向天花板的臉龐，就看到人影緩緩從地板上的積水走過來。

「綿卷……」

「澄香同學……」

抱住佑馬的近健，以及站在他旁邊的佐羽都用沙啞的聲音呢喃著。

現在的澄香是佑馬的使魔。實際上，澄香在尖頭巨怪快要把佑馬吞下肚時救了他，所以至少沒有把三個人當成攻擊對象才對。但是，澄香明明沒有接到佑馬的任何命令，卻在自己的意志之下殺掉了巨人。而這樣的自律行動狀態目前仍然持續當中。

佑馬猶豫著現在是不是要做出「停止」的命令。

但是在他開口之前，澄香就以閃電般的速度伸出右手，抓住了佑馬的脖子。

「哥哥！」

面對壓低聲音這麼叫著的佐羽，佑馬以手勢表示「別擔心」。即使右手藏著足以扯斷尖頭巨怪下顎的力量，這時候也幾乎沒有用力。

澄香的手緩緩從佑馬的脖子移動到他左邊的臉頰，接著沒有眼鼻的臉龐靠近——

「蘆……」

發出了沙啞的聲音。

並排著無數尖牙的巨大嘴巴僵硬地動著，再次呢喃：

「蘆……原……同……學……………」

「…………！」

佑馬瞪大了雙眼。

現在的綿卷澄香不論外表還是內在都不是人類。這只要看一眼明確標示在視窗上的「夜之惡鬼」這個種族名稱就能知道。在被捕獲之前殘忍地殺害三浦幸久，也試著要殺掉佑馬跟近健，這些都是絕對無法忘記的事實。

但是，就算是這樣，她內心深處還殘留著澄香原本的心靈。所以總有一天能回復原來的模樣。

再次下定這樣的決心，佑馬舉起了左手，跟澄香依然按在自己臉頰上的右手重疊在一起。

「……謝謝妳，綿卷同學。」

這麼呢喃完後，佑馬就詠唱咒文。

「Clausa（關上吧）。」

從腳邊出現的暗色立體魔法陣立刻吞沒澄香的身體。魔法陣抵達頭部後開始濃縮，綻放出一瞬間的閃光後創造出一張小小的卡片。

以左手抓住那張卡片後，佑馬就說道：

「近健，放我下來吧。」

「但是……你的腹部跟背部都在流血喔。內容物沒問題嗎？」

「別用內容物來形容。」

一邊苦笑一邊低頭看向自己的身體，佑馬發現衣服前面的部分已經摩擦得破破爛爛，而且正滲出鮮血。背部也感到陣陣刺痛，由於ＨＰ條依然是剩下七成而沒有繼續減少的跡象，所以內臟應該沒有受到太大的傷害。

「別擔心，血已經止住了。轉職了之後，好像不只是筋力，連耐久力都上升了。」

「的確是這樣……我的左手也不痛了。」

如此回應之後，近健終於把佑馬放到地板上。

以自己的腳站好後，佑馬再次環視周圍。

因為尖頭巨怪的踩踏與頭槌，地板到處都出現損傷，而且相當大的範圍都浸在水裡面，不過看起來沒有新的怪物出現。應該可以判斷危機暫時解除了……正當佑馬這麼想的瞬間。

一個紫色訊息視窗隨著似曾相識的輕快吹奏聲出現在視界中央。

「蘆原佑馬」

等級7↓8

能力值點數＋3

技能點數＋40

獲得：殊死榔頭×1

獲得：灰皮手套×1

獲得：下級藥水×3

佑馬不是第一次看見這種視窗。那是在Actual Magic的遊戲測試中，從等級1上升到等級7的過程裡出現過好幾次的訊息視窗。

但是在AM世界裡是理所當然般存在的虛擬視窗，現在竟然浮現在現實世界的光景實在太過詭異，佑馬只能啞然凝視著視窗。這個地點是現實，同時也是遊戲這個讓人難以接受的事實，再次重重地壓到全身。

結果把這種氣氛趕走的果然還是近健的聲音。

「太好了！升等嘍！」

望著正對只有自己看得見的視窗興奮握拳的好友一陣子後，佑馬就跟佐羽面面相覷，然後同時發出輕笑。這種不經意的，從小到大不知道重複過多少次的一連串行動稍微讓心情冷靜下來，佑馬才能用平時的聲音跟自己的好友搭話。

「近健，你也得到經驗值了嗎？」

「嗯哦？嗯！小佑的等級也上升了吧。這就表示，經驗值是均分嗎……不知道是什麼樣的規則喔……」

「大概跟ＡＭ一樣吧。」

佐羽插話這麼表示。

「由所有能夠給予怪物傷害的玩家平分，就算只有一點傷害也沒關係。組成小隊的話，沒能給予傷害的成員也能獲得經驗值，應該也會有小隊獎勵。」

「哦哦，原來如此。早知道是這樣，在跟尖頭怪戰鬥前就應該組成小隊。應該說……連在這邊也能組成小隊嗎？」

近健的發言讓佑馬瞥了一眼自己的ＨＰ條。

由於Actual Magic不是「升級就能完全回復」的優待模式，所以ＨＰ跟ＭＰ都還是處於減少的狀態，不過至少可以確定遊戲系統即使在現實世界也能產生作用。

「應該……可以吧？剛才有掉寶記錄跟升級記錄一起出現。但是物件……道具的實體沒有出現。這樣的話，應該跟ＡＭ世界一樣收到道具欄裡了，可以使用道具欄的話，其他的系統應該也能使用才對。」

「掉寶？真的嗎？」

以佑馬來說已經算努力動腦做出的推測，就這樣被近健慾望完全外露的叫聲掩蓋過去了。

「掉……掉了些什麼？剛才的尖頭怪等級應該很高吧……這就表示，應該掉了很不錯的道具吧？」

即使心裡想著「不是管這種事情的時候吧」，佑馬還是舉起右手並且縮起五根手指。

做出這個動作的話，就又往無法回頭的地方踏出一步。內心突然有這種感覺，但要在異常狀態下存活、找到小凪並且讓綿卷澄香恢復原狀的話，這就是絕對無法迴避的道路。下定決心後，佑馬就迅速朝空中攤開手指。

響起聽起來比遊戲世界扭曲一些的效果音，接著選單畫面就打了開來。佑馬用被血與黑炭弄髒的手指移動著道具欄標籤。

三個小時左右的遊戲測試結束時，道具欄裡已經塞滿怪物身上掉落的道具，以及從道具店買來的消耗品。但這些全都隨著登出而消失，原本預測只收納了剛才打倒尖頭巨怪所掉落的裝備道具與藥水，不過令人意外的是還有兩個在AM世界獲得的道具殘留了下來。

第一個是「通過測試證明卡」。打倒迷宮魔王的龍後降落下來的那張寫著攻略時間的卡片。可以理解它為什麼會留下來，不過在看到第二個道具名「怪物卡片／姆克」的瞬間，佑馬就忍不住發出一聲細微的「咦」。

正如前導說明時所預告的，遊戲測試時獲得的武器與防具都消失了，為什麼姆克的卡片還會留著呢？難道捕獲的怪物不是道具，而是被當成小隊成員？這樣的話，等正式營運開始時不是會對魔物使相當有利嗎？

不過事到如今，遊戲的公平性什麼的也不重要了。佑馬坦率地對姆克的卡片沒有遭到銷毀感到高興，同時先將兩瓶藥水實體化。

「喔喔！喔……下級的嗎……」

佑馬朝以露骨的喪氣表情說出下級回復藥略稱的近健，遞出一個裝有黃色液體的小瓶子。

「喂，近健，在這種狀態下藥水可是很貴重的喔。塗上現實世界的藥或者捲上繃帶，受傷的地方都無法輕易治好，如果回復藥跟魔法一樣，那只要喝下去就能馬上回復了。」

「但是，那個不實際喝喝看的話就不知道有沒有效吧？說不定只是檸檬口味的果汁……」

「你喜歡檸檬口味的吧。」

佑馬這麼說完就把小瓶子推過去，然後把另一瓶遞給佐羽。妹妹似乎理解藥水的重要性，說了聲「謝謝」後就乖乖收下。到了這個時候，佑馬才注意到穿著泳裝般服裝的佐羽沒有能收納藥水的口袋或者袋子，不過佐羽一臉輕鬆地打開道具欄，然後把小瓶子放到上面。跟AM世界一樣，瓶子瞬間變成光粒消失無蹤，就這樣被收納到道具欄裡。

雖然這麼做就不用擔心掉落而弄破，但在分秒必爭的情況下叫出選單並且讓藥水實體化的手續與時間很可能會成為致命關鍵。果然還是得盡快幫佐羽找到衣服或者包包才行——

佐馬先是這麼想，然後才發現。

「小羽，我們帶過來的包包之類的不知道怎麼樣了……？」

「都放在巴士裡面了吧。Altair正式開始營運當天就能使用寄物櫃，但是今天來不及準備，所以交代我們禁止帶手提行李入內。」

「啊，對喔……」

佑馬點點頭，接著把視線移向大廳外側。

高達十公尺的整面落地窗壁面，目前依然是一片漆黑。但是牆壁外面有停車場，然後那裡應該停著把六年一班四十一名學生跟兩名帶隊教師載來這裡的巴士。因為電梯不會動了，入口處的自動門應該也打不開，但是玻璃門的話應該連小孩子都能打破吧。想辦法到停車場回收包包的話，就能在將藥水與其他道具實體化的情況下直接搬運，包包裡面也裝有水壺以及零食。

佑馬花了一秒鐘才發覺這根本是相當愚蠢的想法。

如果能到建築物外面，就不用拿著包包回到Altair裡面。外面的話ＱＬＥＳＴ應該就能連上網路，到時候只要跟警察或者消防隊求助就可以了。大人們會弄清楚究竟發生什麼事，並且找到小凪，還有把綿卷澄香恢復成原來的模樣。大概——應該吧。

「……到外面去吧。」

佑馬一這麼呢喃，望著下級藥水的近健就抬起頭來。

「咦……？但自動門應該打不開吧？」

「門和牆壁都是玻璃，應該連我們都能打破才對。近健，你用這個吧。」

一說到這裡，佑馬的手指就在一直放置於該處的視窗上移動。用指尖擊點了一下所有道具一覽最前面的「殊死椰頭」這個名字，然後從彈出的副視窗選擇「取出」。

出現在視窗上方的是正如期待的物品。

長將近一公尺的堅固木柄，以及鑲著金屬頭的大型椰頭。頭部呈細長圓錐形，打擊面是圓形，另一側則是銳利的尖頭。也就是外觀跟剛才打倒的「尖頭巨怪」頭部非常相似。

「哦，也有武器掉落嗎！」

近健瞬間變成發出開心的聲音，但是一看到浮在空中的椰頭，隨即又變成鬱悶的表情。

「——雙手用的椰頭嗎……而且跟剛才那個大塊頭的尖頭好像……」

「從尖頭怪身上掉下來的尖頭椰頭，這不是很有一致性嗎？」

這麼說完後，佑馬就準備用右手拿起視窗上的椰頭。但是武器比想像中還要重，急忙用上左手才把它從視窗上拿下來，不過HP條下方立刻就亮起超過裝備重量負荷的圖標。

「快……快點拿過去。」

用全身來保持平衡並且把椰頭遞出去後，近健就說了一句「等一下」同時打開道具欄，把不知道什麼時候回收的迪朗達爾收起來後，用雙手穩穩地握住榔頭的木柄。佑馬慎重地把手放開，不過近健沒有露出撐不住的模樣。

「你能用嗎？」

「嗯……可以……雖然很重，不過應該可以。」

「你只點了雙手劍修練技能吧。用剛才的技能點數來獲取榔頭修練吧。」

「才……才不要呢！我決定接下來要學魔法了。」

直接駁回佑馬真摯的建議後，近健就重新握緊殊死榔頭，把它擺到身體前方。就算沒有修練技能，但他不愧是選擇戰士職業的人，看起來還頗像一回事。

「怎麼樣，能用那個打破玻璃牆嗎？」

「嗯，這麼重的話大概可以吧……——不過……」

說到這裡就停下來的近健，把稍微變亂的瀏海朝向購物區。佑馬也跟著看向該處，目前悲鳴與尖叫已經停止，不過從緊急用街壘封鎖的入口後面傳來應該是女孩子的細微啜泣聲。

「……還是先告訴那些傢伙比較好吧？就說打倒怪物了。」

「嗯……」

佑馬皺起眉頭思考了起來。

雖然近健的意見也有道理，但就算打倒尖頭巨怪也不是解決了所有的問題。為了讓應該陷入恐慌狀態的同班同學冷靜下來，感覺應該創造一個能從這種狀態脫身的出口比較好。雖然以帶著「妳認為呢」意思的視線看向佐羽，但妹妹只是輕輕點了點頭。認為這應該是贊同後，佑馬就重新轉向近健。

「等等，我們先去打開一個出口吧。只要知道立刻能從那裡逃走，大家就會覺得安心了吧？」

「這個嘛……說得也是。」

用力點了點頭後，近健就重新握緊榔頭，開始快步朝著大廳入口前進。佑馬與佐羽也跟在他的身後。

入口是貫穿玻璃外牆的寬敞隧道，中央有一扇自動門，內側的牆壁與天花板全部塗成黑色。四小時又四十分鐘前，內心帶著滿滿期待走在這條通道上時，上下左右都有霓虹燈飾發出鮮豔光芒，內嵌式擴音器則是播放著刺激的音樂。但現在聲音與光芒都不存在，只有緊急照明朦朧地照著該處。

在明明只有幾公尺卻覺得相當漫長的隧道裡走到盡頭，就有跟外牆一樣的漆黑自動門擋住了去路。橫向並排的三扇自動門，在佑馬他們靠近後也全都沒有任何反應。

「……這片玻璃，來的時候是透明的吧……？為什麼會變成這麼黑？」

近健歪著頭這麼說的同時，也靠近到鼻子幾乎快碰到玻璃的距離來望著自動門。看來不是玻璃本身變色，感覺像是玻璃外面被貼上漆黑膠片之類的東西，但要是遮蔽了直射的日光，應該會變得很熱才對，但用手觸碰之下還是相當冰涼。

「算了，反正打破就能知道了。近健，拜託你……別被碎掉的玻璃弄傷了喔。」

把事情交給好友之後，佑馬就後退到佐羽身邊。妹妹還是一樣帶著陰鬱的表情，不過看起來不打算阻止近健破壞玻璃。

「很好！就用本大爺的蠻力把它擊碎吧！」

別自己用蠻力這兩個字好嗎，不給佑馬這麼吐嘈的機會，近健直接舉起大型榔頭……

「嗚啦！」

邊大叫邊用打擊面全力往自動門的玻璃砸去。

不知道是因為戰士職的筋力，或者是他本人天分相當不錯，以初次使用的武器來說已經是相當完美的一擊。佑馬確信就算是防侵入的夾層玻璃，應該也會出現裂痕才對。但是……

響徹隧道的聲音不是清脆的破碎聲，而是宛如敲打厚實橡膠塊般「咚嗡」的沉悶低響。榔頭輕易地被反彈回來，從近健手中脫落掉到地板上。近健本人也漂亮地一屁股跌坐到地上。

「好痛！」

跑到如此大叫的好友身邊並且窺探他的臉龐。

「喂，你不要緊吧？」

「嗯……不要緊……但是——那種手感是怎麼回事。完全不像玻璃啊……」

近健一邊這麼說，一邊像是要確認殘留在手掌的感觸般不停開合著雙手。

佑馬再次靠近自動門並仔細地望著玻璃平面。雖然改變角度凝視著榔頭猛烈敲擊的部分，還是找不到任何一處裂痕。

「不會吧……」

發出沙啞的聲音後，站在旁邊的佐羽就以左手撫摸玻璃說：

「大概是被像魔法的東西保護著。我想憑現在的我們，無論怎麼做都無法打破玻璃。」

「魔法……是什麼樣的……？」

「哎呀，小凪不是在ＡＭ裡幫我們施加了提升防禦力的支援魔法。只要想像玻璃是用了那種魔法的最上級版本來強化，大概就能理解是怎麼回事了吧。」

「……嗯，是可以。」

點完頭後，佑馬也把左手貼在玻璃上，然後以右手手指的指背咚咚敲了兩下。不論再怎麼堅固的玻璃應該都能感覺到振動才對，但是他就像在敲厚實的水泥一樣——應該說，甚至沒有在敲打物體的感覺。

「這樣其他的玻璃也……應該說，任何的牆壁與門一定都是一樣吧……」

聽見佑馬的呢喃後，佐羽就默默點了點頭。這時終於站起來的近健就以最大限度的嚴肅聲音表示：

「也就是說，我們完全被關在這個地方了。我們沒辦法離開Altair了嗎……」

呆立在現場的好友，這時臉色已經蒼白到即使在微暗的隧道裡也能清楚看見。平常總是相當開朗，心理層面也很堅強的他，少數的弱點之一就是容易陷入思鄉病之中。跟家人分開去旅行的話，到了第三天就會明顯沒有精神。

不過這同時也是近健的優點，他十分重視身體有點虛弱的母親。就佑馬所知，他從未用惡劣的態度對待過母親，本人也經常做出「我永遠不會有叛逆期」的宣言。對於這樣的近健來說，因為被捲入超乎常識的異常事態而無法到外面去跟家人聯絡的狀態，應該比佑馬所想像的還要嚴重才對。

當然對於佑馬來說，發覺無法到外面去這個事實也造成相當大的打擊。因為他一直認為只要能逃出Altair，大人們馬上就會來救人並解決一切問題。

但很不可思議的是，受到的衝擊並沒有讓佑馬絕望到一蹶不振。或許在他的心底深處，已經預想過這樣的結果了。認為異常到如此程度的狀況，不可能靠著打破玻璃就能解決。

而且——沒錯，跟與家人分離的近健不同，佑馬的身邊還有佐羽在。佐羽她可是從出生的瞬間就分享一切，幾乎等於自己分身的雙胞胎妹妹。這樣的話，安撫近健的不安就是佑馬的責任了。

佑馬離開自動門前面，稍微加強力道再次拍了一下好友的背部。

「別擔心啦，被施了魔法的話應該會有解咒的方法才對吧？而且就算能夠打破玻璃，也不能只有我們自己逃走。必須得找到小凪，並將綿卷同學恢復成原來的模樣才行。」

聽見這兩個名字的瞬間，近健的臉上就恢復了一些血氣。他反覆地眨眼，輕輕點了幾下頭之後，就反過來拍著佑馬的背。

「嗯，那是當然的了。首先要盡快找到愛哭凪，讓四人小隊復活。」

如此宣言後，近健就從地板上撿起殊死榔頭，最後瞥了漆黑玻璃一眼便迅速轉身。

「——那麼，我們回去吧。得告訴一班的那些傢伙已經安全了。」

「嗯……說得也是。」

佑馬甩開剎那間的猶豫並點頭同意。之所以會嘗試破壞自動門，原本是為了確保脫離的出口來讓躲在購物區的同學們能夠放心，但這樣的計畫卻輕易地遭到破壞。他們必須告訴其他同學，這座Altair正受到超常的力量封鎖，以及想脫逃就必須找出玻璃無法被破壞的原因，或者是找出目前還能使用的出口等事實。

「哎呀，在那之前……」

近健原本要往前走去，但佑馬先拉住了他的連帽衫並且再次打開視窗。

「就算只有我們三個人，還是先組成小隊吧。這樣可以看到彼此的ＨＰ，萬一再次發生戰鬥的話，也能獲得經驗值獎勵吧。」

「嗯，說得也是……如果又有怪物出現的話，接下來就換我用物理力量把牠轟飛出去。」

佑馬對好友的垃圾話露出了苦笑，同時打開小隊標籤，按下了邀請鍵。然後把彈出的邀請用箭頭彈向近健與佐羽。這樣兩人的視界裡應該會出現來自佑馬的邀請組隊訊息。

「哦，來了來了。」

近健動了一下右手就響起效果音，佑馬的HP／MP條下面顯示出近健的HP／MP條。顯示的名字跟佑馬一樣是本名「近堂健兒」。然後佐羽的HP／MP條——沒有出現在最下方。往旁邊一看之下，發現妹妹的右手在空中停住了。

「……怎麼了嗎？」

一問之下，佐羽不知道為什麼用尖銳的聲音回答「我知道啦」，接著動起手指。這次終於出現第三條HP條，同時浮現出「蘆原佐羽」的名字。

HP條是全滿，但正如她本人所說的，MP條只自然回復了兩成左右。因為是魔術師所以MP的最大值才會這麼高吧，不過就在佑馬覺得回復速度也太慢了的這個時候。

蘆原佐羽這個名字出現雜訊——感覺上面有幾個英文字母不規則地閃爍。嚇了一跳的佑馬凝眼一看，雜訊與英文字母卻一瞬間消失，佐羽的名字就此安定了下來。

「…………剛才那是……」

雖然急忙轉過頭，但佐羽的樣子沒有什麼變化。只是以跟平常一樣的表情回望著佑馬的臉。

「怎麼了？」

「……沒有啦，沒什麼。」

搖了搖頭後，佑馬將小隊標籤切換成道具欄。選擇尖頭怪掉下來的第二個道具「灰皮手套」並且將其實體化。

這時出現的是正如名字所顯示的，由灰色皮革製成，看起來相當耐用的手套。由於拇指跟食指的地方只有半指，所以要操縱視窗應該沒有問題才對。

「喂，近健。其他還掉了這種東西，你要裝備上去嗎？」

「哦哦！」

近健原本迅速把臉靠近手套，但是立刻整個人往後仰。

「嗚咿……這是那個尖頭怪的皮膚吧！我不用了……」

「等等，我想應該不是這樣才對……」

雖然立刻提出反駁，但聽對方這麼一說，手套的素材在質感上還真的跟尖頭怪的皮膚有幾分相似。這麼想的瞬間就變得不太想碰它，但是告訴自己防禦力絕對會上升後，佑馬就抓下視窗上的手套。

「那我要裝備上去嘍。」

「請吧請吧。」

為了慎重起見而看了佐羽一眼，但她立刻表示「你請吧」，事到如今佑馬也沒有退路了。雙手戴上灰色手套之後，最初有種粗糙的感覺，幾次開合手掌之後也就習慣了。

雖然心裡想著「再來有把劍就好了，就算小小一把也沒關係」，但沒有的東西也無法強求。在遊戲室找到的鋼材被巨怪折斷了，近健的迪朗達爾對佑馬來說又太過沉重。只能暫時在空手的情況下努力求生了。

「好了……那麼，到購物區去吧。」

如此宣言之後，佑馬就準備朝隧道的出口走去，但是……

「小佑，先等一下。」

被佐羽叫住，佑馬就把伸出去的右腳縮回來。

「又怎麼了？」

「你剛才是在哪裡找到消毒用的乙醇？」

「噢……在購票櫃檯深處有通往後場的門，然後前面有一間醫務室。」

「這樣啊……醫務室嗎？」

以嚴肅的表情點了點頭，像是在想些什麼般沉默了幾秒鐘後，佐羽才開口表示：

「……近健可以先到大家那邊去嗎？」

「咦？羽仔跟小佑要做什麼？」

佐羽對著將榔頭扛在右肩的近健指了指自己的身體。

「我變成這種打扮。小佑的襯衫也破破爛爛又全是血跡，所以想去醫務室找些衣服。」

結果近健很露骨地游移著視線，接著回答「嗯……嗯，說得也是」。佑馬立刻想再次把外套脫下來，但是佐羽用視線制止了他。

「那……那我就先回大家那邊去，你們也要快點過來啊。我一個人沒辦法說明清楚啦。」

「我知道，五分鐘後就回去。」

點完頭後，佐羽就率先開始移動。

三個人回到殘留著大人屍體的大廳，然後在購票櫃檯兵分二路。在小凪失蹤的現在，雖然對再次分散感到不安，但組成小隊的話至少能夠掌握ＨＰ的狀態。目送依然扛著榔頭的近健跑向購物區後，就跟佐羽一起朝後場前進。

移動中，佑馬也順便檢查著屍體的服裝、性別以及外表年齡，不過沒有發現六年一班的導師蝦澤（蝦味仙）老師跟負責帶隊的原岸（德國）主任。

穿越購票櫃檯邊緣的雙開式彈簧門，打開後方的工作人員專用門。雖然已經是第二次來到後場，但為了慎重起見還是一邊確認著周圍，一邊通過事務室與休憩室前面來到醫務室。

環視了一下微暗的室內之後，佑馬突然注意到某件事，於是開口表示：

「……小羽啊，仔細一想就覺得醫務室哪會有什麼衣……」

「抱歉，那是謊話。」

直截了當地如此回答完，佐羽就快步朝正面的櫥櫃前進。

「小佑也過來。」

「咦……？」

把「為什麼要說謊」的質問吞回去的佑馬小跑步追上去，就看到佐羽毫不猶豫地打開櫥櫃的玻璃門。裡面塞滿了像是醫療物品的小瓶子與小盒子。以左手拿起其中之一，確認了一下標籤後，佐羽就用右手打開選單視窗。

接著把藥瓶放到切換成道具欄的視窗表面。

「呃，喂……」

佑馬原本預測會看到瓶子穿透視窗，掉落到地面打破的光景。這是因為藥瓶本來就是現實世界製造的東西，不是從怪物身上掉下來的道具。

——但是……

小瓶子變成光粒後失去實體，就這樣被紫色視窗吸了進去。

「咦……？」

嚇了一大跳的佑馬跑了過去，窺看著佐羽的道具欄視窗。跟佑馬的道具欄不同，只存在「通過測試證明卡」的所持物品欄裡出現「抗生素（48）」這樣新的文字列。

「果然現實世界的物品也能收納到道具欄。」

佑馬認真地凝視著從容如此說道的妹妹側臉。好不容易接受剛才看見的現象，點著頭說：

「哎……哎呀，武器和藥水都能實體化了，反過來可能也沒問題吧……不過要進行把這邊的物品放到道具欄的實驗，也不用特地跑到醫務室來吧……」

「笨蛋哥哥，我不只是要做實驗。小佑也把道具欄打開，然後將櫥櫃裡的所有東西都塞進去吧。」

一做完指示，佐羽就開始把櫥櫃內的藥品類全都丟進道具欄裡。搞不懂究竟怎麼回事的佑馬這時也叫出視窗，把下層的盒裝口罩、繃帶、ＯＫ繃等物品變成道具名的行列。

短短數十秒櫥櫃就被清空，反而是兩個人的道具欄的所持界限重量中有將近三成是醫藥品類。

「小羽，為什麼……」

「等一下再問！跟我過來。」

以右手關上視窗，同時以左手制止佑馬的問題後，佐羽就離開了醫務室。從走廊稍微往回走，這次換成進入隔壁的休憩室。

雖然醫務室也不算狹窄，但這邊則是更加寬敞。中央放置了外觀相當時髦的四張圓桌，左邊牆壁上設置了附有凳子的吧檯座位，然後深處的牆壁排著飲料與輕食的自動販賣機。果然也沒有任何人影。

Altair發生變異時，包含這個休憩室在內的後場應該有許多社員才對。他們究竟都到哪裡去了呢……原本打算提出這個疑問，但佐羽已經先抓住佑馬的手，把他往房間深處拉去。看來目標是自動販賣機。

「……妳肚子餓了嗎？」

剛這麼說的瞬間，佑馬也產生了空腹感。媽媽做給他們帶來的便當已經在巴士裡面吃掉了，不過從那之後已經過了四個半小時以上。自動販賣機裡排著滿滿的飯糰、熟食麵包、零食等商品，但很遺憾的是機器已經斷電了。

佐羽沒有回答佑馬的問題，只是敲打著機器的操作按鍵，然後立刻離開。佑馬才剛有了「放棄了嗎」的想法——

「看來只能打破玻璃了。」

「咦……咦咦！」

妹妹極為大膽的宣言，讓佑馬反射性不停搖頭。

「不……不行啦，那麼做的話……就算在這種情況之下也……」

「就是這種情況才得這麼做。」

佐羽迅速回過頭來，以泛紅的眼睛一直盯著佑馬看。

「小佑，你冷靜聽我說……我們大概有好一陣子無法離開這裡。」

「好……一陣子是……？」

「兩三天或者十天……搞不好還要更久。」

「啥！」

發出驚愕的聲音後，佑馬再次橫向動著頭部。

「再……再怎麼樣也不會經過這麼長的時間還無法出去吧？現在外面的人們應該注意到Altair很奇怪了。光憑我們的力量確實無法打破玻璃，但是外面有很多道具，也有重機之類的……以推土機衝過來的話……」

「…………」

沉默了幾秒鐘之後，佐羽就伏下眼睛輕輕點了點頭。

「……說得也是，或許是這樣吧。但你也沒辦法確定吧？現在的Altair，淨是發生一些遠超出我們常識的事情。Actual Magic世界的常理已經蓋過現實世界的常理了。你想想看……如果強化玻璃的是ＡＭ世界最強等級的魔法，那推土機可以破解嗎？」

「最強的…………魔法。」

這次輪到佑馬沉默了。

佑馬他們只玩了Actual Magic這款遊戲短短三個小時而已。不過至今為止跟佐羽、小凪還有近健一起玩過的眾多RPG裡面，最強等級的魔法通常具有令天地變色的威力。像是以火焰暴風來燒滅一大群怪物、以冰塊來擊毀厚實的城牆，甚至是以光牆來抵擋古龍的火焰。

說起來像這種遊戲世界裡的超常能力，現實世界的重機之力根本不可能與其相較，即使如此，佑馬的直覺還是前者將會獲勝。他認為在最強魔法面前，就連推土機都派不上用場。

「……可能無法攻破。」

小聲這麼呢喃完後，佑馬又稍微加大音量繼續說道：

「但是……但是呢，就算會被關在這裡長達一個星期，其他地方應該也有食物吧？剛才的購物區應該也有販賣零食跟飲料，而且……對了，上層應該有一間很大的餐廳才對。所以實在沒必要弄壞機器吃裡面的東西……」

「不是現在要吃喔。」

以這一句話打斷佑馬的發言後，佐羽以像是在忍耐著什麼的表情說：

「安全的避難所、沒有腐壞的食物還有藥品。接下來Altair裡面，這三種東西會變得相當重要。大概明天……說不定今天晚上食物就會開始不夠了。一開始的時候，應該會公平地把入手的東西分給在場所有人，但等到情況緊急時絕對會發生糾紛。因為我們有道具欄這個沒有任何人能看見的隱藏地點啊。」

佑馬隔了好一陣子都無法理解佐羽所說的話。

雖然花了幾秒鐘的時間把妹妹的話收進腦袋裡，但是拒絕接受的反應還是遲遲難以消去。

開合嘴巴好幾次之後，佑馬才畏畏縮縮地問道：

「……………所以妳的意思是說，在發生爭執之前就先由我們獨占這裡的藥品跟食物……嗎……？」

「不是！」

佐羽猛烈搖著頭，把她泛紫色的頭髮都給弄亂了。

「不是只留給我們自己吃。是為了在被某人獨占前先加以確保，然後好好地進行分配！」

「那麼不用現在做也沒關係吧……之後再跟班上其他人一起來就可以……」

「我不想到了來不及的時候才感到後悔！」

以壓抑的聲音這麼叫完後，佐羽就用力咬著嘴唇，然後緩緩放鬆肩膀的力道。低頭看著自己穿著奇異服裝的身體，然後立刻把視線移開。

「…………不過，確實不只有這個原因。」

「咦……」

「擁有藥品跟食物的話，等到必須跟某個人交涉才行時就能占到優勢。雖然也有為了搶奪而受到攻擊的危險……但就算考慮到這一點，我認為帶著它們還是比沒有更為有利。」

「…………」

這個瞬間——

恐怕是佑馬自出生以來首次被迫得知，就算是雙胞胎妹妹，只要是自己之外的人類就是「他人」這件事。

當然至今為止已經不知道吵過多少次架，甚至曾經三天不跟她說話。升上五年級後各自入浴，升上六年級則是在房間中央設置了摺疊幕簾。即使如此，對於佑馬來說佐羽依然像是自己另一半的存在，也經常有共享一個思考迴路的感覺。不論什麼時候都能理解佐羽有什麼感覺，以及她有什麼樣的想法，同時也相信她能夠理解佑馬的思考。

但是現在佑馬卻無法理解佐羽的想法。

交涉、優勢、危險、有利……至今為止，佐羽曾經在現實世界使用過這些字眼嗎？站在眼前這個長了角與翅膀的女孩子到底是誰……？

「小羽，妳……」

在快說出口前把「真的是小羽嗎」這句話吞了回去，佑馬用力咬住嘴唇。

至少還有一件事情是可以無條件相信的。

也就是佐羽她想要幫助佑馬、近健、小凪……還有綿卷澄香。絕對不能懷疑這個意念，如果佐羽是因此而判斷必須先確保藥品與食物的話，那麼至今為止都不怎麼動腦的佑馬就不能光是因為感情上無法接受就反對這個做法。

「…………我知道了。」

簡短這麼宣告之後，佐羽緊繃的臉上就瞬間閃過放心的表情。不過她立刻就再次繃起臉，重新轉向自動販賣機。

「不打破玻璃就無法拿出裡面的東西……但還是希望能避免碎玻璃全灑到食物上的情形……」

聽到她這麼說後，佑馬就微微歪著脖子回答：

「那個，食物要全部都裝進道具欄裡面吧？這樣的話上面如果沾到玻璃碎片，從道具欄裡拿出來時也會重現那種狀態嗎？」

「啊……對喔，來實驗看看吧。」

佐羽迅速打開視窗之後，從附近的圓桌拿來一小瓶鹽以及收納濕紙巾的筒型容器。以濕紙巾擦拭容器讓它變濕，然後在上面撒鹽。接著把撒了許多鹽的容器放到道具欄標籤上。

「哦……」

佑馬之所以會發出聲音，是因為筒型容器瞬時變成光粒消失了，大量的鹽卻穿透視窗紛紛掉落到地上。看來微小的鹽粒子不被系統承認是道具。

「太好了！」

佐羽發出細微的歡呼聲，然後打了一下響指。帶著燦爛的笑容轉頭看向佑馬。

「這樣的話黏在麵包上的玻璃碎片也會被清除才對。而且還有一件更好的事情。」

笑容還是跟平常的妹妹沒有兩樣，這讓佑馬也忍不住放鬆嘴角並且詢問：

「什麼好事情？」

「真是的，怎麼這麼遲鈍。脫掉上衣，襯衫跟內衣也要。」

「…………？」

在無法理解指示有何意圖的情況下，佑馬先把口袋的怪物卡片拿出來，然後脫下外套與襯衫。底下的無袖內衣因為貼在腹部與背部的傷口上，所以猶豫著該不該脫掉，結果被佐羽無情地剝下來。

「好痛……」

無視繃起臉的佑馬，佐羽確認著傷口的情況。

「嗯，已經癒合了，不過還是消毒一下。」

「咦，不用了啦。」

「那怎麼行。」

佐羽冷冷地回答，接著拿剛剛從醫務室獲得的消毒藥噴灑在佑馬背部與腹部的擦傷上。比剛才強烈一倍的痛楚一閃而過，佑馬不由得縮起身體，但或許是起作用了吧，只見他的ＨＰ慢慢開始回復。

佐羽似乎多少預測到會有這種情形，輕輕點頭後就把佑馬脫下來的夾克、襯衫以及內衣丟到自己的道具欄。

「啊……」

衣物發光並且消失的瞬間，就有黑色粉末般的東西從視窗下面掉落。這時佑馬才終於了解佐羽口中的「好事情」是什麼意思。剛才的粉末是沾在衣物上的髒汙與血液。

佐羽立刻操作道具欄把夾克再次實體化。她用兩手攤開的衣物，上面的血漬、爬過遊戲室通道時的汙垢、被尖頭巨怪抓住時沾到的碳，以及還沒全乾的灑水器的水都完全被清除了。當然襯衫跟內衣也是一樣。

「看吧。」

接下遞過來的衣物，首先把頭伸進內衣裡，然後佑馬才開口表示：

「原來如此……只要通過道具欄，就能清除全部的髒汙。」

「沒錯。這種狀況要是拖得太久，我想衛生狀態就會是很大的問題，不用洗滌就能弄乾淨真是太好了。只不過……人類應該沒辦法裝到道具欄，所以還有洗澡的問題沒有解決。」

這麼說著的佐羽衣服上完全沒有汙垢，不過她穿的本來就是近似泳裝般的衣物，只有近健的話也就算了，實在不願意讓班上其他男生看見妹妹的這種模樣。

「那個，妳的衣服還是……」

「這件事之後再說！得快點把食物拿出來才行。」

把小瓶子裝的鹽跟濕紙巾也丟進道具欄並且關閉視窗後，佐羽就從桌子底下把椅子拉出來。雖然座面跟椅背都是塑膠製，但框架是金屬製，用它的話確實可以打破自動販賣機的玻璃——當然要是沒有受到魔法強化的狀態——這時佑馬急忙制止妹妹。

「咦，等一下等一下。用那種東西敲的話會發出巨大的聲音喔。」

「但也沒辦法吧。又沒辦法把它燒破。」

讓做出危險發言的佐羽退下，佑馬握緊戴上灰色皮革手套的右手。

「我想這樣大概行得通。」

回過頭後把拳頭貼在玻璃上。既然已經說出口，要是不成功的話就會失了做哥哥的面子……心裡這麼想的佑馬，利用踢向地板的反作用力，以把全身重量加諸在玻璃上的印象來瞬間施加力量。

「嘿……！」

雖然喊叫聲有點漏氣，但是玻璃發出「嗶嘰」的悲鳴幫忙把它蓋了過去。厚厚的玻璃出現放射狀的裂痕，然後變成粉末而崩落。雖然有一些碎片飛濺到商品上，不過也比用椅子敲破要好多了吧。由於有怪物皮膚做成的手套帶來的防禦力，右手也不覺得痛。

「幹得好，哥哥！」

這麼叫著的佐羽，用左手把佑馬推到旁邊的自動販賣機前面。

「這邊就交給我回收，那邊就再麻煩你了！」

把手伸進破掉的玻璃門中，不斷將飯糰、三明治等食物扔進道具欄裡。用「遵命」來回答妹妹的指示，之後佑馬就再次握住拳頭。

從兩台自動販賣機裡回收了包含零食在內的所有食物後，佑馬的道具欄已經有六成滿。上限重量基本上是看筋力值與耐久值等基本能力，不過還能用搬運技能以及裝備道具的魔法效果加以補正，所以使用打倒尖頭巨怪得到的能力點數跟技能點數應該就能擴大一些，但實在不想隨便使用目前可以說成為生命線的兩種點數。心想等一下也要把一大堆食物塞給近健，佑馬同時重新轉向最後的自動販賣機。

剛才已經破壞的兩台是機械手臂在玻璃門後面幫忙拿取商品的類型，只要打破玻璃就能簡單取出商品，但飲料的自動販賣機就沒那麼簡單了。透明窗戶裡面放的是商品的空容器，想要入手內部的庫存就得撬開堅固的門。

試著搖了搖確實上了鎖的金屬製門後，佑馬就對佐羽說道：

「這沒有鐵撬類的工具根本沒辦法打開喔……飲料的話，喝自來水就可以了吧？」

「說得也是……緊急發電裝置起動的話，水龍頭應該有用才對……」

佐羽雖然先點了點頭，但立刻就持續搖著頭表示：

「但是，沒有容器就沒辦法裝自來水。果然還是需要寶特瓶飲料。你讓開……我來使用魔法。」

「咦……？」

讓瞪大眼睛的佑馬退下，接著佐羽就對著自動販賣機前面右側的鑰匙孔舉起左手，毫不猶豫地唸起咒文。

「Ferrum（鐵啊）。」

是屬性詞。她的手指上出現灰色光芒。

「Clavis（變成鑰匙吧）。」

接著是形態詞。光芒伸成細長狀，形成一把形狀複雜的鑰匙。

佑馬雖然也學會這種開鎖的泛用魔法，但對象的鎖等級越高的話就需要越高的技能值。雖然不知道能否把遊戲世界的鑰匙跟現實世界的鑰匙一視同仁，但自動販賣機的鑰匙應該是防盜性能相當高的舌片鎖，所以等級也很高才對。

在擔心地注視著的佑馬面前，佐羽把魔法鑰匙插進鑰匙孔……

「Aperta（打開吧）！」

詠唱了發動詞。傳出一陣「喀嘰喀嘰、喀嘰……」的細微金屬聲，最後是「喀鏘！」的清脆開鎖聲響起。

「嗚哦，竟然能打開……妳泛魔技能的熟練度是多少啊？」

感到佩服的佑馬這麼問道，但佐羽就像是連回答的時間都不想浪費般打開自動販賣機的前方面板。或許是裡面有備用電池吧，操控面板因此而仍有電力，按下按鍵後就把所有的礦泉水與運動飲料吐了出來。

跟佐羽分頭把各自有二十瓶以上的寶特瓶收納到道具欄裡，這時所持重量終於來到上限的九成，ＨＰ條下方亮起黃色警告圖標。這種狀態的話還能正常活動，要是超過十成的話就會亮起紅色超過所持重量上限的圖標，到時候就會像拿著殊死榔頭一樣只能慢吞吞地移動。

但是佐羽排在佑馬ＨＰ條下方的ＨＰ條沒有亮起警告圖標。就所持重量上限來說，身為魔術師的佐羽應該比魔物使佑馬還低才對，當佑馬感到不可思議時，妹妹又再次不給佑馬開口的機會，直接把自動販賣機的前方面板放回去並且關上視窗。

「這樣暫時不用擔心水、食物還有藥品了。謝謝你來幫忙，小佑。」

「別……別客氣，來幫忙是沒什麼大不了的啦……」

「然後還有一樣想要的東西，你再幫忙找找吧。」

打斷佑馬的話之後，佐羽就小跑步離開休憩室。

原本以為她會前往就在左邊的事務室，但佐羽卻是朝通道深處走去。經過剛才進入的醫務室房門後，佑馬也不知道前面有什麼了。

只有零星緊急照明的通道略顯陰暗，看來就算有什麼東西潛伏也無法輕易察覺。雖然認為不會再遭遇到怪物，但既然不知道在大廳大鬧一番的尖頭巨怪是因為什麼樣的理由而出現在現實世界的Altair，那麼就得經常帶著有一就有二的覺悟。

「佐羽啊，如果要探索這後面的區域，我想先找到能當成武器的東西……」

對走在旁邊的妹妹做出這樣的提案，結果馬上就遭到駁回。

「別擔心，大概馬上就能找到……啊，是這裡吧？」

佐羽是在貼著「女子更衣室」門牌的門前停下腳步。

「…………」

雪花小學的游泳池與體育館裡也有相同名字的房間，男孩子要是不小心——或者刻意接近的話，就會遭到女孩子們以近似凍結魔法的視線盯著看。因此佑馬散發出完全不想進去的氣息，但佐羽卻毫不猶豫地轉動門把並且把佑馬推進去。

並排著灰色置物櫃的室內空無一人。空氣中飄盪著些許甜甜的味道，這也讓佑馬的心情更加無法冷靜。

「……那妳是想找什麼啊？」

好不容易裝出平靜的樣子這麼問完，佐羽立刻就發出感到傻眼的聲音。

「那還用說嗎，當然是我的衣服。」

「哦……哦哦……什麼嘛，妳果然會在意啊……」

「別囉哩囉嗦了，置物櫃裡有能穿的衣服就告訴我。要是能隱藏背後翅膀的。」

「喔，好……」

佑馬邊點頭邊準備打開附近的置物櫃，但手指卻隨著「喀鏘」的聲音被彈回來。

「鎖住了喔。」

「那是當然的吧。連這種置物櫃都要用魔法的話實在太浪費ＭＰ了，只能用力把它拉開了。」

佐羽邊這麼說邊把手指放到門的把手上，接著身體後仰來全力拉扯。「啪嘰」的聲音響起後門就稍微扭曲，彈簧鎖的零件折斷了。

「看吧，這不就打開了。」

佑馬好一陣子只能茫然望著從容地說出大話並且檢查內部，沒有能穿的衣服就立刻把手伸向隔壁置物櫃的佐羽。

——小時候明明是在路上撿到一圓硬幣都表示要交給派出所的傢伙。

由於快要沉浸在這樣的回想當中，佑馬急忙搖了搖頭。現在連一秒鐘都不能浪費。告訴自己如果現實世界受到ＲＰＧ的侵蝕，那麼翻找別人家裡櫥櫃也是理所當然的行為，佑馬接著就移動到隔壁一列的置物櫃開始探索。

吊在置物櫃裡的大多是一看就知道是成熟女性通勤裝扮的外套或者開襟衫，找到了第五個置物櫃時，佑馬才終於發現派得上用場的服裝。把黑底加上洋紅色條紋的連帽防風上衣連同衣架一起拿下來，急忙趕到佐羽身邊。

「這件怎麼樣？」

佐羽接過佑馬遞出的防風上衣後，把它從衣架上拿下來貼在自己身體上並且點了點頭。

「嗯，看起來很大件，這樣反而好。」

迅速穿了上去並且拉上拉鍊後，就完全遮住從背上長出來的小翅膀。衣襬也到大腿的一半左右，乍看之下不會認為裡面是穿著泳裝吧。

「不錯嘛。不過問題是這個。可以用帽子蓋住嗎……」

佑馬邊說邊隨手把手伸向佐羽的頭部去觸碰她的短角。下一個瞬間——

「嗯……」

佐羽發出細微的聲音，忍不住把身體往後仰。

「咦……那……那隻角有感覺嗎？」

「別……別突然亂摸好嗎——說有其實也跟頭髮差不了多少，因為是至今為止沒有過的感覺，所以還不習慣。」

「也……也是啦……」

在快要接受對方的說明時，佑馬再次窺看著佐羽的頭。由於身高幾乎沒有差距，不墊腳的話就沒辦法看得很清楚，看起來像是以前就戴著的附有角的髮帶跟頭部融合在一起。大型化的角從外側開始並排著大中小三隻，最大的長應該有三公分左右吧。

「喂……別一直盯著看啊。可以了吧，我們回大廳去。」

佐羽這麼說完就準備離開，佑馬卻用右手抓住了她。

「等等，這樣不行。」

雖然不由得發出比預想更加僵硬的聲音，但佑馬並不在意還是繼續把話說完。

「那些角還有翅膀，不知道丟著不管會不會怎麼樣對吧？我跟近健只是ＱＬＥＳＴ變大而已，只有佐羽一個人長出那種東西，怎麼想都很奇怪。如果還有其他影響該怎麼辦呢？」

結果佐羽先是用傍晚顏色的眼睛直盯著佑馬看，然後輕吐出一口氣。

「到這裡來。」

把佑馬的右手從肩膀移開後，佐羽就拉著他的手移動到更衣室深處。該處放著一張簡樸的長椅，正面牆壁上設置了一面巨大的穿衣鏡。

佐羽讓佑馬站到穿衣鏡前面，只是因為離緊急照明很遠，所以鏡子裡的兩個人看起來只是兩道黑影。但佐羽還是舉起右手，喀嘰一聲不知道按下什麼開關，隨即綻放出炫目光芒。握在她手裡的似乎是小型ＬＥＤ燈。

「啊，妳是從哪裡找到那種東西……」

「置物櫃裡面。倒是你先仔細看看。」

「要看什麼……」

再次把視線移回鏡子上，這次鏡子就清楚地映照出自己的模樣。

以小學六年級來說算是不胖不瘦的體格。頭髮比班上男孩子的平均值要長一些，但這不是為了時髦而留長，只是覺得去理髮廳很麻煩——……

「…………咦？」

發出細微的聲音之後，佑馬就把臉靠近鏡子。

不是自己想太多。ＬＥＤ燈照耀下，佑馬的頭髮帶著些許藍色光輝。那是跟佐羽變成紫色的頭髮十分相似的金屬光澤。

佑馬急忙舉起左手，用力讓頭髮互相摩擦後才檢查起自己的指尖，但顏色沒有染到手指上。看起來不是用什麼東西染色，而是頭髮的顏色整個改變了。

「……不只是我喔。雖然有程度上的差異，但小佑的身體也產生變化了。」

佐羽關上ＬＥＤ燈並且說道：

「大概近健以及班上所有同學……還有當時進入Caliculus的所有玩家都發生了同樣的事情……」

「所有人……」

佑馬重複了一遍這句話，然後再次舉起左手。這次摸的不是頭髮，而是底下的頭皮。指尖仔細地尋找著，但沒有找到任何東西。

…………不對。

前頭骨的右側，皮膚底下出現些許的隆起。

直徑一公分，高僅有五公釐左右，就算按壓也不會痛。但是，那個突起像是以神經跟大腦深處連結在一起一樣，給佑馬一種奇怪的感覺。急忙把手指往左邊移動後，發現對稱的位置也有同樣的隆起。

這明顯不是單純的肉疣。它一定是像芽一樣的東西……這樣發展下去的話，絕對會跟佐羽一樣長出銳利的角。

沒錯，這個變化大概會進行下去。頭髮與眼睛的顏色產生變化，長出角與翅膀……是到此就會停止，還是會有更多的變化呢？

放下左手後，佑馬一邊用那隻手摸著口袋裡的卡片一邊呢喃著：

「…………這說不定是發生跟綿卷同學同樣的事情……？一直變化下去的話，我們也會變成像她那樣……？」

怪物化的綿卷澄香沒有長出角與翅膀。甚至連眼睛與鼻子都消失，取而代之的是排滿銳利牙齒的大嘴，並且獲得了巨大的膂力。乍看之下跟佑馬他們的變化應該是兩回事，但是絕對無法否定那種模樣是「完成形」的可能性。

然後還有另一件同樣令人在意的事情。

變化的進行遠比佑馬快出許多的佐羽，為什麼還能夠這麼冷靜？

為了解救受到澄香襲擊的佑馬而使用了「火焰箭」的時候，佐羽就已經是現在的模樣了。那個時候佐羽應該剛從Caliculus裡出來才對。但是卻沒有對自己身體的變化感到驚訝或者慌亂，之後一直到現在基本上都很冷靜。身為雙胞胎哥哥的佑馬，只不過因為頭髮稍微變成藍色，以及頭上長出小肉疣，從剛才開始就一直冷汗直流了。

「……我想大概不會變成澄香那樣。」

她回答佑馬疑問的聲音，聽起來果然也感覺不到恐慌的氣息。

「她的變化是異常狀態……我們應該不會變成那樣才對……只不過…………」

不等待她繼續說下去，佑馬就把身體重新轉向佐羽，抓住她防風上衣底下的纖細肩膀。

「小羽，妳……是不是知道什麼還沒對我說的事情？像是我們……Altair到底發生了什麼事……」

結果佐羽以預料之外的行動來回答佑馬終於提出的這個問題。

她不但沒有甩開抓住肩膀的手，反而往前一步將上半身緊貼在佑馬身上，接著又把雙臂繞到佑馬背後。閉起眼睛低下頭的佐羽，額頭就這樣跟佑馬的額頭觸碰，圓角的前端深入他的頭髮裡面。

「……拜託……再給我一點時間。」

這道聲音是經由貼住的額頭直接在佑馬的腦袋裡響起。

「等狀況穩定下來之後，會把我知道的事情全部告訴你。但是現在我想調查、思考更多的事情。所以再等一下就好。」

這麼呢喃完後，佐羽就抬起頭來。移開額頭並張開閉起的眼睛。即使在微暗的環境裡，依然像是能夠自己發光般帶著鮮豔紅色的眼睛，在至近距離下凝視著佑馬的眼睛。

水汪汪的雙眸散發出不可思議的磁力，佑馬像是被吸引過去一樣把臉靠了過去。但是就在鼻子與鼻子互碰的瞬間就回過神來，於是急忙拉開距離。

「嗯……我知道了。」

輕輕點頭之後……

「……抱歉，說了好像在懷疑妳的話……我很清楚小羽為了救我跟近健有多麼地努力。」

加了這麼一句話之後，佐羽也露出些許笑容。

在搜索置物櫃當中順便回收了幾樣或許能派上用場的雜貨，接著兩人便離開女子更衣室。通道雖然繼續往更深處延伸，但他們決定暫時停止探索，直接回到大廳。

雖然不願意就這樣把應該是遭到尖頭巨怪殺害的十幾具遺體放著不管，但是現在也只能在心中雙手合十幫忙禱告，離開購票櫃檯之後就朝著購物區前進。

跟近健分開之後應該沒有經過太久，不知道他是不是能跟大家說明清楚狀況……佑馬心裡這麼想著，並且從分隔大廳的格狀框架底下跑過，就在這個時候。

「別胡說八道了！我看你們也是怪物吧……近堂！」

聽見充滿敵意的叫聲，佑馬就吸了一口氣。下一個瞬間，衝進視界裡的是——

陳列架形成的街壘稍微移動之後的購物區入口，以及在其前方拿著棒狀物的四名學生，還有被逼到深處牆壁邊的近健。

冷靜判斷的話，這算是跟初次來到大廳目擊尖頭巨怪時一樣，應該先躲起來掌握狀況的場面。

8

但一看到好友受到無理指責的模樣，佑馬就大聲叫道：

「喂，你們在做什麼！」

下一個瞬間，包圍近健的四個人就像彈起來一樣轉過頭來。佑馬瞬時掌握他們全都是六年一班的學生。

座號三十六號的穗刈陽樹。

座號二十九號的瀨良多可斗。

座號二十四號的大野曜一。

以及座號二十八號的須鴨光輝——

留著二區分式髮型的穗刈以及長髮的瀨良擅長滑板，雖然是小學生卻喜歡街頭系服飾，是有點像不良少年的雙人組。大野是籃球社，須鴨則是足球社的王牌球員。也就是說，所有人在班上階層結構裡都是最上層的成員。

一看到佑馬跟佐羽的瞬間，須鴨就對兩人刺出用雙手拿住的拖把。

「蘆原兄妹！你們也是嗎！別過來！」

聽見他已經到變聲期的怒吼，佑馬就確信剛才把近健稱為怪物的就是這個傢伙。

原本想反駁「你們到底是根據什麼而說出這種過分的話」，但在最後一刻吞了回去。佐羽長出了角跟翅膀，佑馬的髮色也有了些微的變化。以常識來看的話，這的確是無法說明的變化，要是被注意到事情就會變得很麻煩。

另一方面，須鴨他們四個人從遠處看的話，佑馬他們的外表並沒有什麼變化。但那很可能是因為根本不知道髮色會改變以及會長出角與翅膀等事情。佐羽用連帽防風上衣巧妙地隱藏了頭部與背部，佑馬頭髮的變化只要不透過光線就看不出來，所以這時候應該採取強硬的態度。

「……胡說些什麼啊，鴨仔！我們哪裡是怪物了！」

面對握緊雙拳大叫回去的佑馬，須鴨則是用更加尖銳的言詞加以反駁。

「只有這種可能了啦！你們殺掉那隻超大的怪物了吧！能辦到這種事的傢伙當然是怪物了！」

這個回答讓人一瞬間產生「原來如此」的想法。原本以為他是全憑感情來行動的傢伙，想不到竟然做出如此符合邏輯的推論，這讓人很難即刻做出反駁。削除尖頭巨怪大部分ＨＰ的是

佑馬淋在牠身上的消毒用乙醇，不過那是連自己都會覺得怎麼能辦到那種事情的奇策，所以無法立刻讓對方相信吧。至於給怪物最後一擊的綿卷澄香的事情就更不能說了。

……話說回來……我為什麼在那種情況下會想要召喚綿卷同學呢？

佑馬的腦袋裡閃過這樣的疑問。

在腰部以下都被巨怪吞進去的九死一生狀況下，佑馬把折斷的鋼材再次插到巨人的齒縫中，同時取出綿卷澄香的卡片來召喚她。這是再也辦不到的神技——不對，更勝於神技了。召喚澄香的時候，有種除了自己之外的一切全都停住了的不可思議感覺。那到底是怎麼回事？

突然間，耳朵深處有一道聲音復甦。是年紀差不多的少年發出的聲音。不是近健也不是一班的其他男孩子。那到底是誰的聲音…………

「喂，說句話啊！」

粗大的聲音把佑馬的思緒拉了回來。

大叫的是須鴨旁邊拿著硬毛刷的大野曜一。他以很早就快變完聲的沙啞低音繼續發出怒吼。

「反正你們也會變身成怪物吧！街壘裡面也有受傷的人，絕對不會讓你們進來！」

聽見他這麼說的佐羽，隨即稍微靠到佑馬身邊呢喃著：

「以交涉的對象來說，那個傢伙要比鴨仔好多了。」

佑馬也有同感。大野是六年一班身高最高的學生，個性認真又是運動健將的他受到大家的信賴，在選班長時獲得了逼近須鴨的票數。是個能講道理的人——雖然如此希望，但他耿直臉上警戒的神色是四個人當中最濃厚的。

即使交情沒有好到會跟近健還有佑馬一起玩，但絕對不是水火不容，現在為什麼會表現出如此強烈的敵意呢？就算須鴨「打倒怪物的一定是怪物」的主張有一定程度的說服力，「反正你們也會變身成怪物吧」的說法實在太過先入為主。簡直就像親眼看過實際的例子一樣。

結果大野自己說出的發言證實了佑馬這樣的推測。

「我知道喔！你們……也會變身成像綿卷那樣的怪物，然後打算襲擊我們對吧！」

從他的聲音裡可以感受到強烈的憤怒以及深沉的悲傷，這讓佑馬屏住了呼吸。壓抑下反射性想觸碰左邊口袋的心情，開口提出了問題。

「大野……你有看到綿卷同學變身的時候嗎？」

「是啊，看到了！在這裡的所有人都看到了！從Caliculus出來的綿卷變成沒有臉的怪物……然後襲擊了裴洛西！」

聽見他這麼說，佑馬好不容易才想起來。裴洛西也就是三浦幸久，在一班雖然跟大野屬於不同的群體，但應該同樣參加了籃球社。兩人在校外的感情應該不錯吧，在教室裡也數次聽到三浦用「阿曜」這個綽號來稱呼大野。

站在大野左右兩邊的須鴨、穗刈以及瀨良也都扭曲著臉龐。看來他們三個人都目擊綿卷澄香變身並且殺害三浦的場面。

但如果是這樣的話，為什麼佑馬、佐羽跟近健會比大野他們還要晚醒過來呢？佑馬離開Caliculus的時候，遊戲室裡已經看不到同學的身影，只有變成怪物的綿卷澄香到處遊蕩。

——不對，正確來說不是這樣。剛醒過來時，佑馬在Caliculus的框體裡聽見了三浦的悲鳴。也就是說那個瞬間三浦還活著……然後大野他們目擊了襲擊三浦的綿卷澄香。

「……喂，阿曜。」

使用跟三浦一樣的綽號來稱呼他的，是從佑馬這邊看過去算站在右手邊深處牆邊的近健。四個人迅速改變身體的方向，重新握緊拖把與刷子。

冷靜一看就會覺得以即席的武器來說實在很寒酸，另一邊的近健緊握在右手的大型榔頭，是從尖頭巨怪身上掉落的「真正武器」。論攻擊力的話，掃除用具根本無法與之相比，而近健就保持在低處提著它的狀態下提問。

「你們丟下裴洛西逃走了嗎？有幾個體格不錯的傢伙在吧。結果你們卻讓裴洛西當誘餌，然後所有人自己逃走嗎？」

即使隔了一段距離，也能看到大野的側臉瞬間漲紅，脖子的肌肉整個隆起。肌肉以肩膀、手臂然後是手的順序逐漸變得僵硬，握住的硬毛刷則不停地震動。

但是憤然做出反駁的不是大野，而是滑板搭檔裡面留著二區分式髮型的穗刈陽樹。

「近堂，你這傢伙人明明不在那裡，少給我胡說八道！躺在商店裡的多田跟會田都被綿卷打到受重傷了！再繼續那樣下去有好幾個人會被殺掉，結果是三浦挺身阻止了這種事情發生……那個時候我們只能逃走了！」

接著長髮的瀨良多可斗也發出粗野的聲音。

「然後拚命逃到大廳，就遇見那個超大的怪物正在暴動……蝦味仙跟德國都不在，我們扛著多田跟會田，抱著必死的決心逃到商店裡。雖然很感謝你們解決了怪物，但是正如鴨仔所說的，能打倒那個大傢伙的絕對不是普通人。如果讓你們進來，你們三個人一口氣變成怪物的話，我們就無處可逃了。在你們證明自己跟我們一樣是人類之前，絕對不讓你們通過這裡。」

雖然口氣與表情帶著濃厚的威脅意味，但說出的內容相當符合邏輯。而且凝眼一看就能發現，瀨良與穗刈身上大尺寸的T恤以及大野的制服襯衫都有複數的裂痕，也帶著好幾道血痕般的痕跡。是他們三個人把受傷的多田智則跟會田慎太搬到這裡來，然後購物區入口的街壘一定也是他們所建立。

——說不定，我至今為止都在無意識的情況下，瞧不起技能全點在運動能力上的大野跟故意耍壞的穗刈與瀨良……

佑馬深刻地感受著這種苦澀的自省，同時開口表示：

「不只有那隻尖頭的怪物。」

「啥啊？」

對著露出疑惑表情的四個人說出一部分真實的情形。

「待在遊戲室裡的綿卷同學也是被我們無力化。還有，我們讓三浦同學躺到Caliculus裡面了。」

下一個瞬間，大野的表情整個扭曲了起來。

「…………裴洛西死掉了嗎？」

佑馬默默地點點頭，緊張感逐漸從大野的身體消失，硬毛刷的前端垂了下去。從他雙眼滲出的是眼淚吧。

相對地，重新握緊拖把的是依然沒有消除敵意的須鴨光輝。

「喂，男蘆原！跟那種事比起來……你說的無力化是什麼意思？綿卷她怎麼了？」

下一刻，含著淚水的大野就側眼瞪著須鴨，穗刈跟瀨良也很不愉快般動著嘴角。但是須鴨沒有注意到自己用「那種事」來稱呼三浦幸久的死亡，趁勢又大叫著：

「……不會把她像尖頭怪一樣殺掉了吧！即使變成那樣，綿卷還是我們的……一班的同伴啊！」

——剛剛明明說人家是怪物，哪來的臉稱她為同伴啊。

把這樣的反駁吞下肚後，佑馬開口回答：

「沒有殺掉她。但是沒辦法簡單說明綿卷同學現在怎麼樣了。」

「別開玩笑了！你們果然也……」

但這時候瀨良發出了更低沉的聲音。

「鴨仔，你先閉嘴。」

「啥啊……！我……我是班長喔！你們才不應該出來多管閒事哩！」

這樣的說法讓大野也露出不愉快的表情。

「什麼班長，裴洛西被綿卷襲擊時，你這傢伙什麼都沒做就立刻逃走了吧。剛才抵住街壘的也是我們，你只是躲在後面而已。」

「那是因為……」

須鴨一瞬間為之語塞，但立刻就用傲慢的態度反駁道：

「我是隊長！我要是被殺死，誰來領導一班！是我找到這個安全地點的吧！」

「什麼安全地點，我說你啊……」

大野露出交雜著焦躁與傻眼的表情，對滑板搭檔使了個眼色後，再次看向須鴨。

「……這樣的話，可能是怪物的近堂跟蘆原也交給我們來處理。隊長應該待在安全的地方吧。」

大野以雖然經過壓抑，但因此而帶著壓迫感的低音如此宣言後，須鴨似乎無法繼續反駁下去。但是態度還是相當傲慢……

「你……你們想做就給你們做啊。不過，絕對不能讓那三個人進到裡面來。」

丟下這麼一句話後，須鴨就消失在購物區裡。

仔細注視之後，發現緊急搭造的街壘只是把兩個鋼鐵製陳列架重疊在一起，因此根本靠不住。抵擋肩頭巨怪入侵主要是靠管狀鐵捲門，既然鐵捲門已經被破壞，如果同樣的怪物再次襲來，只靠陳列架街壘絕對無法擋下攻擊。說起來尖頭巨怪光是一發頭槌攻擊就能在水泥上開出大洞，只要牠想，不要說入口的街壘了，就連分隔大廳跟購物區的牆壁都可能加以破壞。

「……那傢伙說是安全地點，但應該不算真正的安全地帶吧。」

應該跟佑馬想著同樣的事情吧，佐羽在背後小聲這麼呢喃著。小跑步靠過來的近健，即使須鴨消失了，不安的表情依然掛在他的臉上。

「喂，小佑。我覺得那種尖頭怪不一定只有一隻。同樣的傢伙要是再次攻過來，那種街壘連十秒都撐不住喔……倒是……」

近健把視線移從購物區入口移到佐羽身上，然後上下往返著。

「……說要去找衣服，結果只有這樣嗎？不過是一件風衣嘛。」

「吵死了，我不喜歡穿裙子，而且腳這個樣子根本沒辦法穿褲子吧。」

「啥？不過是靴子，別這麼偷懶，把它脫下來啦。」

這麼說的近健露出了傻眼的表情，佑馬則輕戳了一下他的左肘來提醒他說話小心。

同樣小聲商量著什麼事情的大野、穗刈、瀨良三個人，在依然舉著拖把與刷子的情況下一點一點靠過來。在距離佑馬他們三公尺左右的地方停下腳步，或許是不想讓應該從街壘內側窺探著情況的須鴨聽見吧，大野發出壓抑到了極限的聲音。

「蘆原……綿卷同學怎麼樣了？你沒有殺害她的話，到底是如何制服她的？」

雖然是預料之內的問題，但是要回答需要不少的勇氣。深呼吸一次後下定決心，佑馬嘴裡只說出一句話。

「用魔法。」

「…………啥？」

一瞬間張大了嘴的大野等人，立刻轉變成險惡的表情。

「你這傢伙，這種時候還在開玩笑。」

留著不像小學生的狂野二區分式髮型的穗刈以粗野低音做出威脅。如果是昨天的佑馬，大概會立刻嚇得渾身發抖，不然至少也會感到膽怯，但或許是跟怪物化的綿卷澄香，以及真正的怪物尖頭巨怪一路對峙下來的緣故吧，這時佑馬幾乎感覺不到恐懼。

也有可能是轉職之後徹底上升的身體能力所帶來的影響。如果是這樣的話，可能會因為接下來的說明而失去面對穗刈他們時的優勢，但也不可能一直瞞著他們。而且就算佑馬不表明，之後一班的某個人應該也會想到要起動Actual Magic才對。

「我不是在開玩笑。」

靜靜地這麼回答完，佑馬就舉起左手，接著捲起襯衫與外套的袖子。從手背一路延伸到手肘附近的巨大電路圖就露了出來。

「那……那是什麼……？」

長髮的瀨良這麼呢喃，並且拿自己的左手跟佑馬的左手比較。大野、穗刈、瀨良的ＱＬＥＳＴ都是正常的形狀與大小，顯示著三個人都尚未轉職。

「ＱＬＥＳＴ變成這樣的話，就能使用魔法。而且不只是這樣……體力跟筋力也會上升。大概會變得能跟那隻怪物一戰。」

「啥啊……？」

面對雖然險惡氣氛從臉上消失，但還是露出半信半疑——不對，是一信九疑表情的大野本人，近健把大型榔頭遞給他們。

「不相信的話，拿拿看這個吧。我想你們應該拿不動。」

彎下腰後把榔頭放在地板上，接著用右腳把它踢到大野等人面前。

不知道是刻意還是無心，聽見近健略帶挑釁之意的發言後，大野的表情稍微改變了。身高雖然差不多，但他可能認為體力上不會輸給沒有加入運動社團的近健吧，只見他往前走出一步並且蹲下，對著榔頭伸出右手。握住烏亮的木柄，然後直接想站起來——

「嗚喔！」

才剛發出低吼，就整個膝蓋跪到了地板上。以啞然的表情眨了好幾次眼睛後，才放下左手的硬毛刷，這次換成用雙手抓住木柄。但結果還是一樣。就算能拿起木柄，金屬製的頭則是絲毫沒有離開地板。

「真的假的？」

「不會吧。」

在後面這麼呢喃的穗刈跟瀨良，在面面相覷後也來到前方。跟呼吸有些急促的大野交換來挑戰榔頭，但兩人也是同樣的結果。

「可以了嗎？」

近健的話讓三個人露出茫然的表情往後退去。近健取代他們靠近榔頭，以右手抓住榔頭的木柄，像在拿塑膠玩具一般輕鬆把它舉了起來。其實他的手臂應該相當用力，不過大野他們應該無法得知吧。

近健回到佑馬身邊後，經過幾秒鐘穗刈才開口表示：

「……ＱＬＥＳＴ變成那樣的話，我們也能拿起那把榔頭嗎？」

「大概吧。」

佑馬之所以無法肯定地說出Ｙｅｓ，是因為遊戲測試時選擇的職業如果是僧侶或者魔術師的話，即使轉職筋力可能也沒有獲得太多加成的緣故。但大野他們似乎不在意，只是興致勃勃地問道：

「該怎麼做呢？」

「要在哪裡課金嗎？」

差點對瀨良所說的話露出苦笑，最後佑馬只能拚命緊繃著臉並且回答：

「可以告訴你們……不過這是極為重要的事情，我想跟班上所有人說明。不是讓我們進入購物區，就是叫大家來這裡集合。」

結果三個人再次面面相覷，然後小聲地互相呢喃著什麼。原本以為又發生爭吵了，結果不到幾秒鐘似乎就有了共識，大野看著佑馬點頭表示：

「知道了……不過我想鴨仔又會囉哩囉嗦。」

「說服那個傢伙也是你們的工作吧。」

聽見近健的反駁之後，穗刈開始搔起剃得很乾淨的側頭部。

「嗯……說得也是。你們等一下。」

留下這句話後，滑板搭檔就從街壘的縫隙進到裡面。馬上就能聽見爭執以上怒吼未滿的聲音，不到三十秒瀨良的臉就探出來，然後對著佑馬他們招手。

雖然忍不住鬆了一口氣，不過光是要跟班上同學會合竟然就引起這麼大的騷動。要是佑馬他們說明發現了什麼絕望的事實——無法離開Altair、裡面有怪物出沒，以及現實世界受到Actual Magic的遊戲系統侵蝕等事情，實在無法想像眾人會動搖到什麼地步。

但也只能硬著頭皮上了。為了達成把綿卷澄香恢復原狀，以及找到茶野水凪這兩個目標，就需要一個能夠安心休息的據點，目前最適合的就是這個購物區了。

跟在大野後面走著，跨越損壞的管狀鐵捲門，穿越街壘的縫隙。原本預料須鴨會立刻跑過來提出一大堆注意事項，結果出入口附近沒有看到他的身影。確認近健跟佐羽進入之後，佑馬就開始環視室內。

占了一樓大廳將近六分之一面積的購物區是呈細長的扇形。長大約是十二公尺，之所以會覺得更加寬敞，是因為光源只有微弱的緊急照明，以及大半的陳列架都被移動到左右兩側牆邊的緣故。正面深處設有結帳櫃檯，其前方鋪著幾條大條的毛巾與毛毯，兩個男孩子正躺在上面。兩個女孩子正在照顧應該是受了傷的他們，再來就是三三兩兩聚集在房間各處的學生，這時佑馬迅速數了一下他們的人數。總共是十七人——

加上站在近處的大野、穗刈、瀨良，以及佑馬、佐羽跟近健就是二十三人。繼續加上行蹤不明的小凪跟變成卡片的綿卷澄香，以及過世的三浦幸久也只有二十六人，由於六年一班的學生是四十一人，因此還少了十五個人。

「……不在這裡的人呢？」

不會是被尖頭巨怪殺掉了吧……感到戰慄的佑馬對著大野如此問道。但回過頭來的大野只是呢喃了一句「不知道」。

「不知道是什麼意思？不是大家一起從二樓的遊戲室一起下來嗎？」

聽見佐羽的問題後，穗刈快速搖了搖頭。

「沒有，從遊戲室出來後電梯就不能動了，我們準備從逃生梯下到一樓，但實在太窄了，造成整個像在擠沙丁魚，待在後面的傢伙就上三樓去了。女生像是藤川和寺上，男生則是二木和灰崎等人。」

「……到三樓……」

在深深拉下的兜帽裡，佐羽輕咬住嘴唇。

佑馬無法立刻理解妹妹在擔心什麼。就算暫時移動到樓上，二樓遊戲室內的綿卷澄香和在一樓肆虐的尖頭巨怪都被排除了。即使如此卻還有十五個人沒有下來，應該是有什麼讓他們無法這麼做的理由才對。

「如果三樓還有其他怪物，我認為二木和灰崎也不會那麼容易被幹掉……」

近健的話讓佑馬微微點了點頭。那是因為那兩個人在某種意義上來說，跟大野還有須鴨一樣都是站在六年一班階層結構頂點的學生。

座號三十三號，二木翔。

座號三十五號，灰崎伸。

每次考試都爭奪班上第一名的秀才搭檔。話雖如此，他們也並非不擅長運動，不但身材高挑而且外表看起來相當聰穎，所以很受到女孩子們的歡迎。如果是那兩個人，說不定早就注意到轉職的方法了。甚至很可能已經獲得佑馬他們不知道的情報。雖然很想盡快跟他們會合——不過在那之前還有很多事情要做。

再次環視購物區之後，視線就跟注意到佑馬他們的同學對上。但眾人都還是帶著不安的表情，在牆邊與陳列架後面一動也不動。應該是害怕佑馬他們會像棉卷澄香那樣怪物化吧。

突然感覺到銳利的視線而把眼睛移過去，就發現占據區域右側深處飲食區的須鴨光輝正以憤恨的眼神瞪著佑馬他們。旁邊是遊戲測試時跟須鴨組成小隊的三園愛莉亞以及木佐貫櫂。

「那麼……讓ＱＬＥＳＴ提升力量的方法到底是什麼？」

被差不多快等不下去的瀨良多可斗把話題丟過來後，佑馬就輕輕點頭。

「嗯……我現在就說明，大家集合到結帳櫃檯前面吧。」

9

——可能是有生以來第一次受到如此多人的注目。

突然湧起這種念頭後，佑馬立刻又想著「最好是啦」來加以否定。

進入雪花小學就讀後經過五年又兩個月。暑假結束後必須進行自由研究的發表，放學前的反省會也經常得舉行委員會活動的報告。五年級的時候「少年的主張」這篇作文不知道為什麼被選為班上的代表，淪落到必須在全校學生面前朗讀這樣的下場。跟那個時候比起來，目前視線放在佑馬身上的學生數量——大約只有十分之一才對。

佑馬一邊把被汗水濡濕的手掌在褲子側面摩擦，一邊環視著佐羽以及近健之外的二十名同班同學。

裡面沒有任何放鬆的學生。浮現在眾人眼裡的是困惑、混亂、反彈、不安、恐懼、焦躁……以及些許的期待。佑馬他們打倒巨大怪物的事情已經傳開了，眾人應該是認為他們能解決這種狀況吧。

但很遺憾的是，佑馬他們無法回應這樣的期待。佑馬接下來必須把了解的事實——無法離開Altair、怪物恐怕不只有一隻等事情告訴眾人才行。

「……喂，別吊胃口了。要說就快點說。」

占據著飲食區的須鴨光輝發出隱藏不住焦躁的聲音。身邊的三園愛莉亞立刻附和他表示「對啊，大家都沒有什麼時間！」。木佐貫櫂雖然沒說什麼，但是無法從他被長髮蓋住的雙眼中看出任何感情。

一瞬間往該處瞄了一眼後，佑馬就緩緩吸了一口氣，然後開始說話。

「……我想大家都注意到了，現在這座Altair裡面發生了一般常識難以想像的事情。」

佑馬依序看著一直保持這沉默的眾人，持續動著僵硬的嘴巴。

「像是綿卷同學變成怪物、樓層有巨大的怪物徘徊等等……剛才在街壘前面暴動的傢伙雖然被我們想辦法解決掉了，不過大概還是有相同的傢伙存在。那個傢伙再次襲擊過來的話，那樣的街壘根本擋不住。」

「你說得倒是簡單，你們是如何想辦法解決掉那隻巨大的怪物？」

滑板搭檔中的穗刈發出焦躁的聲音，瀨良似乎也想說些什麼。但是在他之前，又有一道新的聲音響起。

「那就在其他怪物過來之前，先離開Altair比較好吧？」

發言者是將略長的頭髮在雙肩上綁成兩根馬尾，臉上戴著黑框眼鏡的女孩子。

座號六號的清水友利。身為圖書股長的她，經常閱讀看起來很艱深的書。小凪以前說過……即使開口詢問，她也不說出視力雖然受到QLEST的補正，卻刻意戴著眼鏡的理由。

友利的話讓幾名同學用力地點頭。裡面甚至有像要表示立刻想離開這裡而起身的人存在。但友利一直很冷靜，只是沉穩的聲音陳述著意見。

「蘆原同學認為還有其他怪物的理由，大概是上到三樓的藤川同學他們沒有下到一樓來對吧？我雖然也很擔心，但是光憑我們這些小孩子要解決問題實在太魯莽了。我認為應該到外面去尋求大人的幫忙。」

平常相當文靜，休息時間幾乎沒有說話的友利那思路整然的主張，甚至連喜歡掌控全局的須鴨都無法反駁。佑馬自己也想著「如果能那麼做該有多好」同時開口表示：

「很遺憾的是，這也無法做到。剛才打倒尖頭怪物之後，我們去確認入口的狀況了。自動門根本打不開，玻璃外面是一片黑暗，想把它打破也是紋風不動。」

「…………」

友利在鏡片底下的雙眼瞇了起來，其他學生也因為不安而產生騷動。在這樣的情況中，發出挑釁聲音的果然還是須鴨。

「像你這種矮冬瓜，當然沒辦法打破自動門的強化玻璃吧。我或大野的話，一擊就可以……」

「不是我。是近健用這把榔頭敲打，玻璃還是一點裂痕都沒有。」

被佑馬注視之後，往前走出一步的近健雙手舉起殊死榔頭給眾人看。應該沒有人認為它是從尖頭怪身上掉落的真正「武器」，但應該能充分感受到它的尺寸與重量才對。

剛才試著要拿起榔頭卻連一公分都無法抬起的大野，側眼看了一下須鴨後才表示：

「我相信喔。說起來，如果能到自動門外面去，大人們……警衛和警察應該都進到Altair裡面來了吧。」

「……說得也是。」

原本主張立即離開的清水友利很乾脆就點頭同意，讓佑馬感到有點吃驚。心裡想著「真希望須鴨也學習一下如此懂得變通的腦袋」，同時再次開始說明。

「我想沒辦法弄壞的大概不只有自動門。大廳的玻璃全是一片漆黑，完全看不到外面，QLEST也連接不到網路。只要沒有找出這種異常的原因，我想就無法離開Altair。」

佑馬終於說出那句話的瞬間，友利就緊閉嘴唇，須鴨的臉則是整個扭曲，其他同學臉上也浮現愕然的表情。

無法逃脫。

雖是許多漫畫、遊戲都使用過的字句，但變成現實之後就很難以接受。就連親手觸摸過染黑的玻璃，也目擊用榔頭擊打也無法造成損傷的佑馬都是這樣了，班上同學們的困惑當然無法用言詞就消除吧。

「……如果有無論如何都無法相信的人，之後會騰出去入口看看的時間。但是現在想先以保護這個貴重的避難地點……也就是基地，以及為了達成這個目標而讓大家習得『力量』為優先。」

認為差不多該進入狀況說明的核心，佑馬深呼吸了一下。但這時候須鴨光輝再次插嘴：

「嘖，少在那裡吊胃口了！我看你是打算拐彎抹角說一大堆廢話來掌控主導權吧，但你們是最後來到這裡的人。最先找到這個購物區並且把它當成避難基地的是身為班長的我，決定接下來該怎麼做的人當然也是我……」

須鴨的話之所以說到一半，是因為佑馬迅速舉起右手來的緣故。

站在購物區中央的佑馬，距離占據飲食區的須鴨大概有五公尺的距離。即使如此，須鴨還是像從佑馬朝向自己的右手感覺到什麼，於是上半身稍微往後仰。

——他說不定是個第六感很敏銳的傢伙。

心裡這麼想的佑馬詠唱起風的屬性詞。

「Ventus（風啊）！」

攤開的手前方出現淺綠色光球，照亮了微暗的購物區。須鴨再次誇張地後仰身體，最後失去平衡而從椅子上跌落到地板，但班上同學沒有人看向他那邊。

所有人都瞪大雙眼，從嘴裡發出喘氣聲。雖然光是這樣應該就很有說服力，但為了不被詬病是使用了ＬＥＤ燈之類的道具所變的魔術，佑馬決定補上最後一擊。

「Avis（變成鳥吧）！」

詠唱形態詞後，光球變成旋轉的氣流，最後形成一隻小鳥的形狀。那是風屬性的泛用魔法——「風之小鳥（Wind Bird）」。雖然攻擊力等於零，但是能用鳥撞擊讓怪物頭暈目眩，或者擊落在遠方的物體。

佑馬環視室內，瞄準其中一個被移動到牆壁邊的陳列架。

「Ignis（飛吧）！」

聽見發動詞後，綠色小鳥迅速展翅飛翔。飛過清水友利頭上，命中陳列架最頂端後，像融化在空氣裡一樣消失了。放在架上的一個Altair形狀的迷你靠枕掉到地板上發出清脆的聲音。

即使佑馬的實際演練結束，二十名學生還是沉默了好一段時間。最後到處都傳出竊竊私語的聲音。

「剛才那是……Actual Magic的魔法吧？」

「嗯……我在遊戲裡也用過同樣的咒文。」

「但這裡是現實世界……應該是某種戲法吧……？」

「不然就是ＱＬＥＳＴ的ＡＲ影像……」

讓半信半疑的學生安靜下來的，是站在佑馬正面的清水友利所說的一句話。

「剛才感覺到風了。」

她以右手指尖撫摸自己的臉頰並且繼續說著：

「獨自一台QLEST無法輔助觸覺，空氣流動的話就不是AR影像。就算使用LED燈與迷你電風扇，也不可能讓光線變成小鳥的形狀並且拍動翅膀，擊落物體就更不用說了。剛才的不是什麼戲法……是真正的魔法。」

友利閃著黑框眼鏡堅定地這麼說完後，就沒有任何想要反駁的學生了。須鴨維持跌坐地板的模樣茫然張開嘴巴，跟班三園愛莉亞跟木佐貫權也沒有打算開口說話。

接著發出聲音的是籃球社的大野曜一。

「……難道說，是使用魔法打倒那隻怪物的嗎？不只是那個傢伙……綿卷也是用魔法打倒……不對，是殺了她嗎？」

「不是的。」

在學生們產生動搖之前，佑馬就急忙加以否定。

「我們確實殺掉了想要闖進這裡的怪物，但絕對沒有殺害綿卷同學。是用魔法……拘捕了她，讓她無法動彈。我打算尋找讓綿卷同學恢復原狀的方法。」

在這個階段佑馬無法說出「以捕獲魔法將她卡片化」，而是使用了拘捕這兩個字，幸好沒有出現繼續追究下去的學生。尖頭大傢伙也就是尖頭巨怪實際上也不是用魔法，而是用了消毒用乙醇，但這些事情之後再說明就可以了。目前得先讓眾人進行「轉職」的準備。

聽見佑馬如此宣告的大野，表情出現令人眼花撩亂的變化後，才擠出帶有求助感的聲音。

「……回復原狀……？能把綿卷變回來嗎？」

「沒辦法保證絕對可以。但應該有辦法，我是如此深信的。」

這是佑馬毫無虛假的真心話。他的心意或許也傳達給大野了吧，只見他呼出一口又細又長的氣後才點點頭。

「……我知道了。蘆原，我相信你。接下來就聽你的指示。」

「謝謝你，大野。」

壓抑下害羞的心情如此道謝之後，佑馬就確認起其他學生的模樣。穗刈和瀨良，以及清水友利似乎都沒有異議。雖然這麼說有點不太好，不過只要能拉攏這四個人就等於掌握了主導權。友利雖然不算是一班女生的領袖人物，但是處於這個地位的藤川憐以及寺上京香都包含在前往三樓的十五個人裡面，目前不在這個地方。

讓人在意的果然還是須鴨的小團體，但是感覺在這種極限狀態下，須鴨自以為是的言行舉止已經引起眾人的反感，辣妹三園愛莉亞就算在班級階層裡處於上位，但在女生之間似乎不受到歡迎。

佑馬雖然對於班上的勢力鬥爭沒有興趣，但考慮到接下來要讓所有人轉職，就不得不謹慎行事。獲得操縱攻擊魔法力量或者超乎常人腕力的學生們，要是隨心所欲地嘗試這些力量，這個臨時打造的避難基地馬上就會崩壞。讓在場所有人理解、接受自己目前的狀況並且恢復冷靜之前，就只能由佑馬、佐羽以及近健等三個人來持續掌控主導權。

最後再次環視班上眾人的臉龐，接著佑馬便表示：

「那麼，接下來就教大家使用魔法的方法。」

包含受傷躺在毛毯上的多田智則以及慎田會太，所有人都以專注的眼神看著佑馬。在靜到極點的沉默中，佑馬突然沒來由得感到不安。感覺自己似乎漏掉了什麼非常重要的東西。

但是沒辦法再拖延下去了。佑馬將雙手緊握成拳頭，像是要掃除不安感般說出最後的注意事項。

「我們將其稱為『轉職』，一旦進行轉職左手的ＱＬＥＳＴ就會變形，一路延伸到手肘附近。那個時候可能會覺得很燙，但是不會燙傷請大家忍耐一下……那麼各位，按下虛擬桌面上Actual Magic的圖標吧。」

一聽見這個指示的瞬間，穗刈陽樹就瞪大了眼睛。

「你說Actual Magic的圖標……那個不在Caliculus裡面就無法起動吧。」

「別管那麼多，反正按按看就對了。」

即使佑馬這麼說，學生們也只是露出不安的表情面面相覷。須鴨明顯準備靜觀其變，就連大野都一直沒有下手的勇氣。

最先動起右手的是圖書股長清水友利。將纖細的食指舉起眼鏡前方後再往左下方滑動。手指一瞬間在該處停了下來，最後左手也抬起來靠在右手上，接著按下佑馬看不見的按鍵。

貼在友利左手手背的ＱＬＥＳＴ，發出鮮豔的翡翠綠光芒。從她嘴裡發出細微的悲鳴。

「……嗚……啊……」

看見這一幕後，學生們臉上就出現更加不安的表情，不過似乎激起幾個人不服輸的精神，跟在友利後面按下圖標。其中也包含大野在內，當左手籠罩在紅光之中的瞬間就發出低沉的呻吟，不過立刻就大叫：

「沒……沒問題！雖然很燙，但不至於無法忍耐！」

一聽見他這麼說，原本打算靜觀其變的學生們就接二連三按下圖標。各種顏色的光芒照耀著微暗的空間，女生的悲鳴與男生的大叫在天花板形成回音。待在飲食區的三個人似乎終於按下按鍵，當須鴨與愛莉亞發出誇張的嚷叫時，旁邊的木佐貫只是一直凝視著升起灰色火焰的左手。

包含五名負傷者在內，足足花了三分多鐘，所有人的ＱＬＥＳＴ才結束變形。

當光芒從最後按下圖標的學生手上消失，購物區也回歸寂靜。

環視陷入茫然狀態的二十人，佑馬開口表示：

「……這樣大家就從普通小學生轉職成在Actual Magic遊戲測試裡選擇的職業了。視界的左上方應該出現自己的HP條了吧？」

所有人的視線同時移動，然後再次回到佑馬身上。

「職業是魔術師與僧侶的人可以使用專用魔法，戰士的膂力會增加，盜賊和獵人應該可以快速行動。只不過，使用魔法的話MP當然會減少，而且不會輕易回復，想嘗試的話就只用屬性詞就好。」

聽到他這麼說的瞬間，就有幾名學生詠唱火、冰與光等屬性詞。產生的各色光球，在十秒鐘內照耀出每個人的臉龐。最後發出「波咻！」的聲音消失無蹤。

「…………真的假的……」

以沙啞聲音這麼呢喃的是大野。職業應該是戰士的他，想確認的不是魔法而是自己腕力的變化，所以往前走出幾步對著近健伸出右手。

「再讓我拿拿看那把榔頭。」

「嗯。別掉嘍。」

完全沒有露出猶豫的模樣，近健把殊死榔頭的柄朝向大野。以雙手穩穩握住木柄後，慎重地舉起——然後以茫然的表情數次舉起又放下。或許是實際感受一直到剛才都無法從地板上舉起的榔頭，突然變成只要努力就能揮舞起來的重量吧，再次呢喃了一聲「真的假的……」後大野就把榔頭還給近健。接著將臉部朝向佑馬，很不好意思般表示：

「蘆原，剛才把你當成怪物真的很抱歉……」

「沒關係……本來就會有那樣的反應。」

如此回答之後，大野就輕輕點頭並回到原來的地方。其他學生雖然仍處於驚訝狀態，但是看起來已經沒有懷疑一切全是戲法的學生了。

如此一來，一次讓六年一班全部學生完成轉職的重任就算是完成了。接下來就是必須活用眾人得到的能力來鞏固這個避難處的防禦。

雖說能夠戰鬥的學生數量一口氣增加了，但要在沒有學生受傷的情況下打倒尖頭巨怪等級的怪物還是很困難。還是以強化入口的街壘，令怪物無法輕易入侵為優先事項……不對，在那之前還有另一件應該做的事情。

「大家聽我說！」

佑馬揚聲這麼說完，產生騷動的學生們就全部把視線朝向他。佑馬心裡想著「得快點習慣這種情況……」，同時繼續呼喚著。

「希望同學裡面職業是僧侶的人舉一下手。」

率先舉手的是清水友利。接著是照顧傷患——說是如此，這種情況下最多也只能用浸濕的手帕擦拭傷口——的短髮女生畏畏縮縮地舉起手，接著是一名福態的男生。

這樣就沒了。站在右後方的近健呢喃著「只有三個人啊……」。

佑馬原本期待能有五六個人，但仔細一想，Actual Magic的職業是戰士、魔術師、僧侶、盜賊、獵人、商人以及魔物使等七種，把二十除以七的話根本不到三，所以已經不能算少了。

短髮的女孩子是座號八號的曾賀碧衣。福態的男生是座號三十九號的諸雄史。他們兩個人加上清水友利後總共三個人就是這座避難所的生命線了。如果再有怪物襲擊過來，那個時候必須最優先保護他們，但現在立刻指示的話會有學生感到不公平吧。首先必須讓所有人體認到他們珍貴的程度。

「好吧……清水同學跟曾賀同學，還有諸同學應該能使用回復魔法。希望你們能治療受傷的人。」

一聽見佑馬指示的瞬間，友利就眨了好幾次眼鏡底下的眼睛說道：

「啊……對喔。可以用魔法治好……」

點完頭後，友利就拖著裙子跑到躺在地上的兩名傷患前面。

從佑馬的眼睛看來，受到重傷的是座號二十二號的會田慎太。似乎是被綿卷澄香的爪子狠狠擊中，T恤的左袖變得破爛不堪，肩膀到上臂出現好幾條割傷。雖然用白毛巾緊緊綁住了，卻仍無法止血。

由於會田也轉職了，所以應該也提升了不少體力才對，不過跟Actual Magic的虛擬角色不同，活生生的身體會受傷，而且傷害也沒有那麼容易治癒。會田在一班雖然比不上過世的三浦幸久，但也算是一個開朗的開心果，應該是隸屬於廣播委員會。

清水友利看見染成鮮紅色的毛巾後一瞬間露出害怕的模樣，但是沒有停止動作直接蹲在會田身邊。對受傷的左肩舉起雙手，然後用有些僵硬的口吻詠唱咒文。

「Sacra（祝福啊）。」

從左手手背延伸到手肘的QLEST紋章發出翡翠綠光芒，接著雙手前面產生白色光球。

看見那個後，佑馬頓時浮現「咦？」的想法。跟綿卷澄香戰鬥並且受傷時，佐羽為了幫佑馬療傷而詠唱了同樣的「神聖屬性詞」，但當時發出的是粉紅色光芒。不過神聖屬性的能源本來應該是白色，以顏色來說這個才算是正常。

友利瞇起眼鏡底下的雙眼，接著詠唱形態詞。

「Premis（聚集起來）。」

下一個瞬間，白色光芒開始在空中呈漩渦狀捲動。佑馬察覺這是只有僧侶才能使用的「神聖治癒（Holy Heel）」魔法。佐羽使用的「治癒水滴」必須讓作為對象的玩家直接喝下從指尖滴落的水滴，但這只要施加魔法而且射程距離也很長。由於沒有追蹤能力，所以需要慎重地瞄準，但是這種距離應該不會失手才對。

融合吧

「Fusione。」

詠唱發動詞的瞬間，流動的光芒就從友利手中筆直延伸，命中了會田的左肩。會田的身體雖然震動了一下，但表情立刻放鬆，從嘴裡微微呼出一口氣。

幾秒鐘後光芒消失，從毛巾露出的傷口幾乎完全痊癒，變得只剩下咖啡色的結痂。會田緩緩舉起左手並前後動了一動，眨了幾次眼睛後大叫「不痛耶！」。但馬上又繃起臉繼續表示「還是有點痛！」。

「……到底痛還不痛。」

友利以嚴肅的表情如此質問後，數名學生就笑了起來。會田用右手搔著剃成仿莫霍克髮型的頭，一邊露出靦腆的笑容一邊回答：

「沒有啦，沒事沒事。到剛才都是一陣陣刺痛，現在只是微微發疼而已。謝啦清水……話說回來，魔法太厲害了吧……」

會田以感嘆的口氣這麼表示，同樣用魔法回復傷勢的佑馬很能夠了解他的心情。周圍的學生們也目擊到皮膚底下的肌肉外露的重傷瞬時治癒的奇蹟，似乎因此再次實際感受到目前的狀況有多麼異常。笑聲立刻止歇，避難所籠罩在寂靜之中。

這時打破這種沉默的是躺在會田附近的另一名重傷者：多田智則。雖然沒有出血，但骨頭可能裂開了吧，只見他抱著以膠帶綁著雜誌作為夾板的右手，以丟臉的聲音說著：

「那個……抱歉，差不多該幫我治療了吧？」

下一個瞬間，學生們再次發出笑聲，多田原本就有點下垂的眉毛變成漂亮的八字形。這種模樣造成更多的笑聲，佑馬也忍不住露出了笑容。

友利的表情變得柔和一些，接著再次詠唱起「神聖治癒」咒文來治療多田的右手。光芒收束後，多田就不停旋轉著手臂，並且大叫著「真的不會痛！」。

第三次而且是最大的笑聲響起，避難處內一直緊繃著的氣氛因為反彈而整個鬆弛——

就在這個時候。

在佑馬背後，至今為止一直悄悄隱藏起氣息的佐羽……

「哥哥！」

發出近似悲鳴的叫聲。

幾乎在同一時間，設置在天花板各處的換氣管天窗就不斷打開來。

從該處持續有黑色塊狀物落下。

大約二十名的學生只能茫然望著發出「咚沙、咚沙」沉重聲音落下來的物體。那是全長五十公分，寬十五公分左右的深灰色橢圓形物體。整體看來是彈性十足的質感，表面分為無數環節，下側排著幾隻突起狀的步足。一邊的角落有排成一列的四隻單眼，以及長著六根銳利牙齒的嘴巴。

蟲子——巨大的毛毛蟲。最少也有十隻。

強烈的厭惡感讓全身肌膚的寒毛直豎。不停急促蠕動著的環節，以及帶著溼氣的光澤看起來就像真正的生物，但現實世界不可能有如此巨大的毛毛蟲。也就是說這些傢伙是跟尖頭巨怪同樣的超自然存在，也就是怪物。

雖然有了這樣的認識，但無法立刻做出該怎麼辦才好的判斷，佑馬整個人僵在現場。

在僅僅一公尺前方蠕動的毛蟲，突然間四隻單眼往上看著佑馬——

全身整個收縮起來，以看來鈍重的體格無法想像的速度飛撲過來。

「嗚哇……」

佑馬邊叫邊反射性伸出雙手，在空中抓住毛蟲。指尖傳來獨角仙幼蟲巨大化的話應該就是這種手感的真實重量感與彈力感。捕獲的毛毛蟲不停在佑馬手中伸展環節，開合著臉龐前方六根利牙發出「喀嘰、喀嘰」的聲音。

下一刻，購物區就充滿了悲鳴。

十幾隻毛蟲不停地跳躍，撲向嚇呆了的學生並且把他們壓倒。沒有受到攻擊的學生也不是嚇得腳軟就是只會發出悲鳴，看起來根本沒有多餘的心思去解救同學。

雖然著急地想著得想點辦法才行，但佑馬也為了把想咬自己的毛蟲遠離自己而盡了全力，腦袋根本轉不過來。在Actual Magic裡面的話，明明可以把牠丟到地面踩死，或者直接就這麼

捏死，但毛蟲鮮明的觸感實在讓人太不愉快，因此整個人變得動彈不得。

突然間，毛蟲不再試著咬佑馬的臉，而是把身體扭轉成側面。

手要被咬了——害怕得這麼想著的剎那。

「小佑，就這樣拿著！」

繞到佑馬正面的佐羽這麼大叫完，右腳就從正下方一閃而過。

響起「咚嗯！」的沉悶聲音。被垂直踢起的毛蟲猛烈撞上外露的天花板管線，反彈回來後掉到地板上。

「近健！」

佐羽的聲音……

「唔喔喔喔！」

讓近健以這樣的吼叫做出回應。衝過來的近健高高舉起大型榔頭然後敲下。

宛如爆炸的衝擊聲。看起來很高級的大樓磁磚呈放射狀碎裂並且下沉。

——失手了！

佑馬咬緊牙根。榔頭轟中的是毛蟲頭部旁邊兩公分的地方。雖然只有些微的差距，但沒有擊中的話就跟差了一公尺沒有兩樣……剛剛這麼想的瞬間。

從榔頭的打擊面擴散出水蒸氣般的衝擊波把毛蟲吞沒。肥大的身軀被壓扁，隨著「啪嘰！」一聲非常恐怖的聲音爆炸了。雖然飛濺出來的不是體液，而是跟尖頭巨怪時一樣不具實體的黑色碎片，不過看起來絕對是死亡了。

「咦……咦？」

近健或許自己也知道失手了吧，此時他發出的不是痛快的喊叫而是困惑的聲音。旁邊的佐羽也露出驚訝的模樣，但像是立刻了解是怎麼回事般呢喃著：

「衝擊傷害……」

在Actual Magic裡，那是許多武技攻擊以及一部分大型武器的普通攻擊能夠造成的範圍傷害。在現實世界要產生同等威力的衝擊波就只能使用炸彈，但殊死槲頭這樣的「武器」可能跟怪物同樣是超常的存在，所以在現實世界也能發揮出遊戲世界的特殊效果吧。

但是，目前最重要的不是這件事。必須把毛蟲相當脆弱，光靠衝擊傷害就能殺掉牠們的事實傳達給學生們才行。

「各位！這種蟲，只要用硬物毆打就能簡單地……」

一回過頭就這麼大叫的佑馬，看見的是……

在微暗購物區擴散開來的，宛如地獄般的光景。

地上倒了十名以上的學生，毛蟲咬住其脖子或者胸口，正發出「咻嚕、咻嚕」的恐怖聲音。應該是正在吸血吧。

由於沒有組成小隊，所以看不見被吸血的學生的ＨＰ條。從手腳偶爾會痙攣看來應該是還活著，但這樣下去的話出現犧牲者也只是時間的問題。

雖然也有將近十名平安無事的學生，但他們不是呆立在現場發出悲鳴，就是縮在角落，根本沒辦法戰鬥。如果大野、穗刈、瀨良等三個人能平安無事的話——帶著這樣的念頭凝眼看著，但不知道是因為高大而太過顯眼，還是為了保護女孩子，三個人全都被毛蟲吸住了。

這樣的話，心想至少老是自吹自擂的須鴨總該沒事而看向飲食區，就發現他把圓桌弄倒，跟三園愛莉亞以及木佐貫權躲在後面。這很符合須鴨的個性，在危機解除之前他應該都不會出來吧。

花了大約一秒鐘就想到這裡的佑馬，隨即對著佐羽跟近健大叫：

「只能靠我們自己了！佐羽把毛蟲剝下來，然後近健用榔頭把牠打扁！」

「知道了……但是哥哥呢？」

「我會用這個來解決牠們。」

對佐羽伸出右拳後，佑馬就朝著樓層深處被毛蟲襲擊的女學生衝過去。

仰躺在地上，被毛蟲從脖子吸血的女生，臉龐被弄亂的頭髮擋住而看不見，不過耳朵上可以看見眼鏡的鏡腳。一班的學生戴眼鏡的就只有圖書股長清水友利。佑馬率先解救友利的理由，是因為她是僅有三人的珍貴僧侶之一。

心裡祈禱著「要活下來啊」，同時以球鞋朝專心一志吸著血的毛蟲側腹部全力踢去。毛蟲從友利身上剝落，一直線飛出去後猛烈撞上深處的陳列架，這時牠長著六根牙齒的嘴巴已經被鮮血染紅。當然全是友利的血吧。

因為攻擊的緣故，所以毛蟲頭上出現對應其尺寸的ＨＰ條。並非接近戰鬥職業的佑馬只是用普通的鞋子踢了一下，ＨＰ就減少了兩成左右。看來牠幾乎沒有防禦力。ＨＰ條下面顯示著「地獄蠅幼蟲」的專有名稱，不知道是什麼怪物也沒有調查的方法。

現在最重要的就是必須盡快解救所有學生。

佑馬跳過友利，面對纏在陳列架上的毛蟲。

「喝啊！」

隨著這樣的喊叫聲揮出右拳。

轉職的恩惠似乎無法影響身體的活動方式，雖然是很彆腳的一擊，但是包裹在灰色皮革手套底下的右拳好不容易捕捉到了毛蟲的胴體。拳頭深深埋進極富彈性的柔軟身體內。隔了幾秒鐘後，灰色表皮就像氣球一樣膨脹，然後「磅！」一聲爆炸。

就算毛蟲相當柔軟，應該也不至於脆弱到佑馬一記軟趴趴的拳頭就爆炸吧。大概是尖頭巨怪掉落的皮革手套也跟近健的榔頭一樣具備超常的力量。

——行得通！

看都不看沒有實體的碎片，佑馬開始尋找其他兩名僧侶。曾賀碧衣以及諸雄史。

馬上就找到碧衣了。幸好她似乎沒有被毛蟲襲擊，跟幾名女孩子縮在樓層角落。但是看不見諸的身影。在長十幾公尺的空間裡，不可能找不到以一班最重體重為傲的他。

沒辦法的佑馬只能跑向最近處受到襲擊的男孩子。趴著倒下，後頸正被毛蟲吸血的是籃社的大野曜一。或許是擊斃一隻的關係吧，厭惡感已經變淡，佑馬左手抓住毛蟲的脖子，把牠從大野身上剝下來。然後直接丟在地板上，以右拳加以粉碎。

佐羽跟近健似乎也很順利地處理著毛蟲。剩下七八隻也得盡快收拾掉，然後治療被吸血的學生並找出諸同學。

佑馬抓住倒在大野旁邊的瀨良多可斗脖子上的毛蟲，試著要把牠剝下來的時候。

「呀啊啊啊啊！」

極為尖銳的尖叫聲響徹整個購物區。

往聲音的方向看去，就看到原本躲在飲食區的須鴨光輝趴在地板上，然後背上貼著毛蟲。發出悲鳴的是站在須鴨旁邊不知所措的三園愛莉亞，看起她是沒有直接用手抓住毛蟲的勇氣。

抬起頭來的愛莉亞眼神跟佑馬對上了。

「蘆原，救救光輝！」

在這種狀況下，佑馬也不會幼稚到想趁機報至今為止被須鴨惡劣對待的一箭之仇。既然轉職了，那麼須鴨也是貴重的戰力，確實必須拯救他的性命，但其他也有許多處於命懸一線狀況的學生。

如果因為躲起來而比較晚被蟲發現，那麼須鴨應該才剛剛開始被吸血而已。想到這裡，佑馬就對著愛莉亞大叫：

「鴨仔還不要緊！我一定會救他，但要先等一下！」

結果愛莉亞竟然乖乖地點頭。

「了……了解了，快一點！」

佑馬已經沒有回答，只是用右手抓住從瀨良身上剝下來的毛蟲腹部，然後用盡全力捏碎。

接著在幫助穗刈陽樹跟主代千奈美這名女生時，就聽見近健從遠處發出的聲音。

「小佑，這邊的毛蟲全部擊潰了！」

「ＯＫ！」

這麼回叫完後，佑馬就衝向飲食區。

須鴨依然倒在地上，他背上毛蟲的六根牙齒正刺進他左肩甲骨下方附近，從嘴巴深處伸出無數纖細觸手，發出咻嚕咻嚕的聲音吸著血。

全長五十公分的吸血毛蟲，遠比現實世界的綠毛蟲或者尺蠖還要大，不過重量大約只有四公斤左右。嬌小的學生也就算了，體格壯碩的大野跟須鴨光是被吸到背上就無法動彈實在讓人感到不可思議，但根本沒時間尋找理由了。

「快點、快點！」

在愛莉亞以哭聲催促下，佑馬一把抓住毛蟲的後頸部分。將毛蟲不斷暴動的牙齒從須鴨背部拔出的瞬間一口氣把牠剝下來。

這是最後一隻了，而且身為怪物的等級似乎也不是太高，所以給予某種程度的傷害後或許能捕獲。但是站在自己眼前的愛莉亞卻露出厭惡的模樣，叫喚著「快點殺了牠！」，所以只能放棄捕獲並且轉過身子，連同抓住毛蟲的右手一起轟向地面。

外皮「啪啾！」一聲破裂，溢出的黑色碎片邊捲動邊上升，跟尖頭怪的時候一樣被不可思議的環狀物吸進去並且消失。

「呼………」

就像看準佑馬輕呼出一口氣的時機一樣。

再次響起只有佑馬聽得見的升級吹奏聲，同時打開了訊息視窗。

「蘆原佑馬」

等級8→9

能力值點數＋3

技能點數＋40
獲得：地獄蠅幼蟲的牙×5
獲得：地獄蠅幼蟲毒腺×3

之所以打倒六隻一記拳頭就能打死的毛蟲就能升級，不是因為尖頭巨怪的經驗值實在太過大量，就是毛蟲可能隱藏著什麼危險性，無論如何現在不是興奮握拳的時候。

原本學生們充滿購物區的悲鳴慢慢變小然後消失。但愛莉亞立刻又發出「光輝——！」的尖叫聲。

以這聲尖叫作為契機，平安無事的學生們也不斷跑向受傷的同學。佑馬也單膝跪著來窺探須鴨的臉龐，不過他的眼睛依然沒有張開。雖然想著可以確認ＨＰ條就好了，但Actual Magic的系統要看見別人的ＨＰ條，就只能組成小隊或者變成敵對狀態。

先用指尖按了一下須鴨的脖子，立刻就感覺到急促但相當確實的脈動。出血明明止住了，眼睛卻沒有張開的理由是——

「大概是毒吧。」

由於不知道什麼時候來到身後的佐羽輕聲這麼表示，佑馬便站起來點了點頭。

「嗯……我也這麼認為。」

「毒……毒？光輝會死掉嗎？」

癱坐在須鴨對面的愛莉亞，雙眼流著眼淚以不安的表情如此詢問。曾幾何時另一名跟班木佐貫櫂也從桌子後面出來，透過長長的瀏海凝視著須鴨的臉龐。

佑馬一瞬間猶豫了一下後才搖頭回答：

「不會……我不認為那種等級的怪物會有致死毒，普通的傷害毒的話應該能行動。所以我想大概是麻痺毒。」

「麻痺……」

「放著不管應該也不會有生命危險，妳再等一下。」

對愛莉亞如此宣告後，佑馬就轉過身子尋找曾賀碧衣的身影。馬上就發現蹲在清水友利旁邊，用手帕貼在她脖子傷口的碧衣，於是就跑了過去。

注意到佑馬的碧衣，以及坐在她左右兩邊的兩名女學生一起抬起頭來。

「啊……蘆原同學，友利她……」

含淚的碧衣發出細微聲音，結果右側的女孩子也簌簌流著眼水並且說：

「小友友是為了保護我……但是我卻逃走了……」

叫著友利綽號的辮子女是座號十號的津多千聖。在一班是擔任飼育股長，佑馬記得她是跟友利最好的學生。

「不是津多同學的錯喔。我也什麼都沒做。」

把長髮綁成馬尾的第三個女孩子這麼安慰著千聖。她是座號十五號的針屋三美。跟碧衣的感情很好，應該是一起隸屬於料理社。

在三個人對面蹲下來後，佑馬就抓住友利的左手腕，確認過脈搏後才開口說道：

「大概是中毒了。曾賀同學，妳能用解毒魔法嗎？」

「解毒……？」

一瞬間愣了一下的碧衣，望了一眼自己左手大型化的ＱＬＥＳＴ後就迅速點頭。

「嗯……嗯。我才剛學會，不過大概能使用。」

「那就用清水同學試試看。」

「…………知道了。」

碧衣把按住傷口的任務交給千聖，正座並且挺直背桿。

她把雙手舉到友利胸前，開始詠唱咒文。

「Sacra（祝福啊）。」

左手的ＱＬＥＳＴ發出黃色光芒，接著產生白色光球。

「Pluvia（變成雨吧）。」

光球分裂成無數的小亮光並且飄盪著。

「Tersus（洗淨吧）。」

亮光拖著極細的尾巴降下，最後浸透友利的身體。「神聖淨化（Holy Purify）」——在Actual Magic遊戲測試時小凪也用過同樣的魔法來淨化佑馬與近健中的毒。

「得快點去找小凪」，佑馬以深呼吸壓抑下這樣的焦躁感，等待著解毒魔法的效果出現。

光雨下了五秒鐘左右就停止，接著碧衣就放下手來。

不知不覺間，周圍已經聚集著其他學生。緊迫的時間一點一點過去，友利的眼瞼突然開始震動——然後瞬間張開。

「呼……呼、呼……」

急促地呼吸了一陣子後，友利才看著碧衣說：

「謝謝妳，曾賀同學。小聖妳平安無事真是太好了。」

「小友友！」

千聖再次流著眼淚抱住了友利，雖然很不願意打擾她們，但現在實在沒辦法這麼做。

「清水同學，妳倒地時還有意識嗎？」

佑馬一這麼問，依然躺著的友利就點了點頭。

「嗯，雖然眼睛無法張開也沒辦法出聲，但能聽見聲音。把咬住我的蟲趕走的是蘆原同學吧。謝謝你。」

「別客氣……重要的是，如果能動的話，希望能夠跟曾賀同學分別幫麻痺的人解毒。」

「嗯，我沒事了。」

一這麼說完，友利就借津多千聖的手站了起來。脖子底部的咬傷雖然怵目驚心，但出血看來已經止住了。

佑馬站起來後，開始環視目前暫時恢復冷靜的購物區。

被毛蟲咬到而麻痺的學生，加上須鴨共有十二個人，光靠友利跟碧衣要解毒所有人的話，她們兩個人的ＭＰ將會枯竭殆盡吧。

雖然也想借第三名僧侶諸雄史的力量，但是到現在都還看不見他的身影。當佑馬想著他究竟跑哪去了並移動著視線時，近健跟佐羽就小跑步靠過來。把榔頭扛在肩膀上的近健，以感到不安的臉龐呢喃著：

「到處都沒看到諸同學。」

「會不會跑到避難處外面去了？」

佐羽回答了這個問題。

「我大略確認了一下大廳，能看見的範圍都沒有他的身影。」

「這就表示……難道，跑到二樓去了……」

佑馬咬緊嘴唇，同時帶著最後再看一次的打算環視著購物區。

結果發覺至今為止沒有注意到的事情。因為被推到牆壁邊的陳列架擋住而看不太清楚，不過結帳櫃檯內側深處的牆邊有一扇不顯眼的門。

會有門也是理所當然，因為店鋪一定得有後場。然後營業時間的話都不會上鎖。

「……小羽、近健，那個。」

佑馬以視線指著那扇門，兩個人的表情立刻變得嚴肅。

平安無事的學生們全都在照顧麻痺的朋友，不然就是注視著友利與碧衣的解毒魔法。三人斜向橫越他們之間的縫隙，進入結帳櫃檯內側並且靠近那扇門。

靠近一看就發現門沒有完全關上，雖然只有五公釐左右，不過是往後移動過的狀態。

佑馬先確認沒有任何聲音之後，就用球鞋的腳尖輕輕推開。沒有完全卡上的門鎖螺栓發出「喀嚓」的細微金屬聲後鬆開，門移動了三十公分左右。

深處一片黑暗，沒有任何生物的氣息。牆上某處應該有照明的開關，不過整座Altair似乎處於緊急省電模式的現在，實在不認為按下開關照明就會點亮。

下定決心只靠ＱＬＥＳＴ的夜視補正機能來調查內部，正準備踏入門內時，佐羽就從後面抓住佑馬的肩膀把他拉回來。

「幹……幹嘛啦？」

「我先進去。」

一這麼宣告完，佐羽就從防風上衣的口袋拿出小型ＬＥＤ燈，打開開關後圓形白色光芒就射穿黑暗。

「搞什麼嘛，羽仔，妳什麼時候有那麼棒的東西……」

無視發出很羨慕般聲音的近健，佐羽把身體從門與門框間的縫隙滑進去。佑馬也跟在她後面。

進入後場的瞬間，夜視補正機能就起動，讓ＬＥＤ燈的光更加明亮。

相當長的空間裡，前方是休憩區，後方則是排著鐵架的庫存保管空間。所有的管理業務應該都是用ＱＬＥＳＴ來進行，不過跟學校的職員室不同，不存在任何放著平板螢幕或者ＰＣ的辦公桌。

佐羽照著上下左右，然後朝著後場的深處走去。由於光芒停在天花板，佑馬就抬頭往上看，就看到跟設置在店鋪區同樣的吊掛式換氣管有一個天窗鬆脫了。

提升對周圍的警戒並且通過了休憩區，進入庫存保管區。

一邊確認並排在左右兩邊架子之間的通道一邊前進了三公尺左右。

照著左邊的佐羽，震動了一下後身體就僵住了，佑馬立刻衝到妹妹前面。

白色光圈當中，穿著雪花國小制服的某個人趴著倒在地上。那是個肥胖的男生。是諸雄史不會錯了。

但是佑馬的視線看的不是諸，而是被他背上的東西吸引了過去。

跟吸血毛蟲也就是地獄蠅幼蟲相似的顏色與質感——但是形狀與大小完全不同。尺寸膨脹到比原來大上一倍。沒有眼睛、嘴巴和腳的塊狀物。從下部長出的無數觸手，簡直就像植物的根部一樣陷入諸的背部。

「喂……喂……那是什麼啊……」

從佑馬左側通道窺看著的近健用沙啞的聲音發出呻吟。

「難道……剛才的毛蟲吸血後成長了……？」

茫然這麼呢喃後，佑馬直覺這就是真正的答案。毛蟲也就是幼蟲。吃了餌後成長變成蛹。貼在諸背上的球體正是地獄蠅幼蟲變成的蛹。

結果就像要追認佑馬這樣的推測一般。

球體上面發出「嗶嘘！」的清脆聲音出現了龜裂。

剎時間，佐羽就用緊繃的聲音叫道：

「近健，把它打碎！」

「呃……嗯！」

近健舉起殊死榔頭衝了出去。他似乎很快就適應這把武器，以感覺不到生硬的強力動作將鈍器水平揮出去。

榔頭痛擊蛹的側面並且深深地陷入。造成的衝擊讓已經快裂開的表皮彈飛，從裡面飛出沾滿黏液的塊狀物猛烈撞上左側的架子。

「啪嘰！」一聲掉到地板上的是全長應該有八十公分以上的飛蟲。巨大的複眼就像是蒼蠅但是胴體呈細長狀，嘴巴長著小刀一樣的突起。蜜蜂——不對，這應該是馬蠅。

近健毫不猶豫地從正上方揮出一擊，把在地板上抽搐著的馬蠅擊潰。

顯示在馬蠅頭上的「地獄蠅」專有名稱以及HP條消失，飛蟲本身也變成黑色碎片四散。

佐羽開口慰勞了保持著榔頭往下揮落的姿勢，發出急促呼吸聲的近健。

「幹得好。再過十秒鐘牠就要羽化了。」

「——我很討厭馬蠅耶……」

「沒什麼人會喜歡吧。」

聽著兩個人的對話，佑馬蹲到著諸雄史的旁邊。諸大概也麻痺了，所以要解毒就得把他搬回購物區，不然就得請友利或者碧衣來這裡。

——還是先試試看我跟近健有沒有辦法搬得動吧。

這麼想的佑馬，為了先讓諸翻身仰躺而把手伸到他脖子底下。

「啊……！」

一瞬間，他忍不住發出聲音。

好冰冷。諸的皮膚已經冰冷到完全感覺不出體溫了。

「怎麼了，小佑？」

沒辦法立刻回答佐羽的問題，佑馬再次觸碰諸的脖子。不論指尖再怎麼用力按壓，都完全感覺不到脈搏。有點像某種人造物般的感觸，跟倒在二樓遊戲室內三浦幸久的肌膚十分相似。

佑馬抬頭看向彷彿察覺到什麼而保持著沉默的妹妹以及愣住的好友，然後開口呢喃著：

「……………死掉了。」

10

「不行……HP無法回復。」

輕輕搖搖頭如此宣告後，清水友利就放下雙手。

友利對著佑馬跟近健搬過來的諸雄史的身體使用了「神聖治癒」魔法。彈諸蒼白的臉龐依然沒有血色，眼瞼也沒有活動的模樣。

在周圍注視著的學生們開始發出呻吟與啜泣聲。在這樣的情況當中，兩個男孩子走出來跪在諸的身邊。

「諸仔，你為什麼死了啊……」

用擠出來般的聲音這麼呢喃的是跟諸有著相反的纖細體格，留著略長瀏海香菇頭的男生。座號四十一號的若狹成央。

其右側茫然張開嘴巴，留著跟二區分式比起來比較像西瓜皮髮型的男生是座號三十號的瀧尾昌人。這兩人跟諸雄史各自有方向性不同的小眾興趣，若狹是軍事、瀧尾是動畫、諸則是聲優，但他們會共享自己的興趣，在班上到了休息時間就會聚集在諸的桌子前面聊天。即使須鴨等人經常會調侃他們說「吵死了啦阿宅！」，他們也會笑著反駁「你自己也是足球宅吧！」，對於隱性遊戲宅的佑馬來說，一直都很佩服他們有這樣的膽量。

若狹跟瀧尾的眼裡雖然沒有淚水，但他們之間是由真正友情羈絆連結起來是毋庸質疑的事實。佑馬雖然也感覺到不小的衝擊與悔恨，但理由有一半不是因為感情而是邏輯，不對，應該說是算計。

竟然白白讓這個脆弱的避難處裡，僅有三名的珍貴僧侶之一失去了性命。

當購物區從換氣管天窗掉下十幾隻巨大毛蟲時，記得諸是在結帳櫃檯附近。他應該是立刻越過櫃檯，打開門躲到後場避難。

但那裡也有毛蟲掉落，雖然逃到庫存保管空間，還是被追上了。背後被毛蟲咬中，在麻痺狀態被吸了量足以致死的血液……然後失去了生命。

一想到這裡，就能理解毛蟲——地獄蠅幼蟲雖然脆弱卻擁有那麼多經驗值的理由了。假如在沒有伙伴的情況下被咬中而麻痺的話，幾乎就確定會死亡。加上寄生在屍體上的蛹短短幾分鐘就會長大為成蟲。其戰鬥能力應該不是幼蟲所能比擬。

下一次應該能更加熟練地對付牠才對，但諸雄史已經無法復活了。今後就只能靠清水友利跟曾賀碧衣兩個人來治療其他十九個人。

——不論如何一定要保護她們兩個人。雖然本人可能不願意，但是應該讓戰士職的學生經常在身邊保護她們。得趕緊完成這樣的態勢，讓魔法職的學生提升技能熟練度，最少也得習得「治癒水滴」魔法。這就是目前最優先的目標。

不對，在那之前還有幾件事情要做。

離開諸的遺體之後，佑馬靠近佐羽對她呢喃：

「後場的休憩區有廁所，我想應該有人想去了，首先由佐羽跟女孩子搭話，然後所有人一起過去。之後我會帶男生過去。」

「嗯……說得也是。了解了。」

點完頭的佐羽朝著清水友利走去。

接著佑馬就呼叫高大且有力氣的近健、大野、瀨良以及穗刈。須鴨的體格雖然也很不錯，但他依然在愛莉亞的照料下躺在飲食區。

「蘆原……又讓你救了一次。」

走近的大野以羞愧的模樣這麼說完，瀨良、穗刈也像是感到很不好意思一樣垂下頭。

「好不容易才轉職，結果什麼都辦不到……」

「看到那種超巨大的毛蟲就嚇傻了……」

「沒有啦，那也不能怪你們……我也沒想到牠會有毒性。更重要的是，謝謝你們保護女孩子。」

道完謝後，佑馬就露出生疏的笑容並且補了一句：

「下次又有近身力量型的巨大怪物出現，就真的要把牠推給大野你們了。」

「嗯，交給我們吧。」

面對咧嘴露出笑容的三個人，佑馬開口說出剛才想到的事情。

「雖然還有許多事情得做，不過還是必須先想辦法把天花板的換氣管天窗堵住。我不認為剛才那十幾隻毛蟲就讓牠們全滅了。」

「嗯，說得也是。」

三人加上近健都點著頭。

「反正換氣系統也因為停電而沒有作用，就把它從底部整個塞住吧。找個體積大一點的東西塞進去就可以了吧？」

「體積大的東西……」

嘴裡重複了一遍並且環視整個購物區後，瀨良啪嘰一聲打了個響指。

「哦，那個怎麼樣？」

他指著被推到左側牆邊的一個陳列架。其他架子上幾乎都還殘留著商品，然後大部分是小型雜貨類，瀨良所指的架子上則排著幾個必須用雙手環抱的巨大布偶。

跑過去把布偶從架上拉出來後，發現那是Altair的官方吉祥物，記得名字是叫做「那須魯君」的鷲鳥布偶。外表看起來相當可愛，把它塞進天窗裡可能會引起女孩子們的反感，幸好除了三園愛莉亞之外的十個女生一起去上廁所了。於是由五個男生各自抱著兩個布偶，來到呈複雜分歧的換氣管根源。

方形的吊掛式換氣管，是從結帳櫃檯上方連結天花板。其附近的天窗已經鬆脫，身高最高的大野站上櫃檯，依序把佑馬他們用手遞過來的布偶塞進四角形洞穴裡。

用盡渾身的力量把第十個塞進去後，大野就跳到地板上。

「這樣應該堵住了。可以的話，希望用膠水之類的加以固定……」

「等一下大家找一找吧。總之很謝謝你。」

向大野他們道謝後，佑馬的視線就看向右下的時鐘。

時間是下午四點四十分。差不多是傍晚的腳步逐漸接近的時候，但在訊號、光線都被阻絕的Altair裡，是無法感覺時間的流動。但是肚子這個時鐘就無法安撫，應該很快就會出現表示肚子餓了的學生吧。

佑馬跟佐羽的道具欄裡雖然塞了大量從一樓中央部的休憩室裡找到的飯糰與熟食麵包，但怎麼說都是二十三——不對，少了一個人，不過二十二人還是相當龐大的人數。不嚴格節省的話，大概一天不到就會吃完了。

希望經過整整一天後，這種異常事態就會落幕，消防和警察也會過來拯救眾人。但佐羽在休憩室說過了。

——我們大概有好一陣子無法離開這裡。

——兩三天或者十天……搞不好還要更久。

雖然不清楚她是根據什麼而說出這些話，但佐羽絕對知道什麼佑馬不清楚的情報。不說應該是有不能說的理由，身為雙胞胎中的哥哥也不打算懷疑妹妹，如果佐羽的推測正確，二十二個學生要在這個避難處度過十天的話，絕對需要定期補充水以及食物。

現在想起來，這個購物區也有飲食區塊，某個地方應該也有零食與輕食的庫存才對。在引起麻煩之前，還是先把這些東西集中在一個地方比較好，不過要交給誰來管理呢……

當腦袋為了各種事情而煩惱了一陣子後，女孩子們從後場回來了。

跟帶頭的佐羽交換了眼神後，佑馬就舉起右手叫道：

「有想上廁所的男生就過來集合！為了安全起見，還是大家一起行動！」

這樣的呼喚讓樓層各處的男生聚集過來。

令人想不到的是，率先站在佑馬面前的竟然是稍早之前還躺著的須鴨光輝。

須鴨當然也要上廁所啦……心裡這麼想的佑馬原本想詢問「你的身體沒事了嗎」。但是在他開口之前——

「男蘆原！」

須鴨以嚴厲的聲音大叫。

「你這傢伙，到底有什麼權利從剛才開始就在指揮現場！」

「我……我也不是在指揮……」

好不容易這麼回答完，但須鴨依然是盛氣凌人。

「明明裝出自己是領袖的模樣，從剛剛就任意幹下各種好事！不過，你別忘了！諸會死掉……」

用手指著依然躺在樓層左側的諸雄史屍體，須鴨大聲叫道：

「全是你這傢伙害的喔，男蘆原！」

「啥？」

佑馬忍不住發出了這樣的聲音。到底是做了什麼樣的解讀，才會得到這樣的結論？

「喂，鴨仔！」

「你這個人……」

近健跟佐羽都準備朝須鴨逼近。但須鴨無視他們兩個人直接從佑馬身邊經過，來到了結帳櫃檯旁邊。不知道什麼時候左手已經握著一把小鐵鎚——應該是發生火災時打破外牆玻璃來逃到Altair外面的緊急逃生用鐵鎚，接著用力敲打背後的結帳櫃檯。

鏗——！

尖銳的聲音響起，室內整個安靜了下來。

雖然很想說「這麼做的話會把怪物吸引過來」但是卻無法開口。須鴨在緊急照明之下發出深邃光芒的雙眼——隱藏在其深處的某種東西強烈地威脅著佑馬。

「那傢伙……比率上升了。」

背後的佐羽這麼呢喃。

原本想質問這句話的意思，但須鴨卻快了一步叫著：

「所有人注意！」

剛從後場回來的女孩子們，以及接下來準備去廁所的男生們，全都以疑惑的表情凝視著須鴨。

須鴨再次用鐵鎚敲打結帳櫃檯後表示：

「接下來要召開雪花國小六年一班的班會……不對，是班級法庭！」

再次一陣沉默。經過整整五秒之後，其中一個女孩子以告誡的口氣說道：

「須鴨同學，現在是開班會的時候嗎？還有很多必須盡快去做的事情才對吧？」

這道具吸引力的聲音，是來自座號四號的見城紗由。以白色髮帶把略呈波浪狀的頭髮綁成側馬尾。長得可愛又很會唱歌，是一班偶像般的存在——當然綿卷澄香是更加特別的存在。

但須鴨表情沒有任何改變就駁斥了身為許多男生仰慕對象的紗由所說出的意見。

「現在沒有比這個更重要的事情了。我們的同伴……諸死掉了喔？不弄清楚原因的話，可能還會發生同樣的事情。」

「喂，鴨仔，還有什麼原因……」

瀨良多可斗發出聲音的瞬間，須鴨就再次用鐵鎚敲打櫃檯。

「班級法庭已經開始了。想說話的人就舉手，等點到名後才發言。還有要叫我裁判長。」

露骨地發出「嘖」一聲後，瀨良就把右手舉到肩膀的高度。須鴨把鐵鎚朝向他，叫出「瀨良」這個名字。

「……裁判長，你剛才說要弄清楚諸死亡的原因對吧。那根本不用調查吧。就是那超級大的毛蟲害的。」

瀨良再次指出這一點後，就有好幾名學生點頭同意。雖然沒有人目擊諸被毛蟲襲擊時的樣子，但遺體的背部有六芒星形狀的齒痕。除了有六根牙齒的地獄蠅幼蟲之外，沒有能留下這種傷口的生物。實際上，須鴨的脖子上也清楚地留著同樣形狀的傷口。

但須鴨這次還是若無其事地回答：

「吸走諸血液的確實是毛蟲。即使如此，殺了那個傢伙的還是男蘆原。」

「這是什麼……」

「意思」，佑馬本想這麼反駁。但須鴨卻焦躁地用鐵鎚敲了好幾次櫃檯讓佑馬安靜下來。

「男蘆原，當我們被毛蟲襲擊時，你這傢伙最先救了清水對吧。」

「那是因為……清水同學是珍貴的僧侶……」

「清水之後救了大野。這時莉亞……三園拜託你把咬著我的毛蟲拿掉，你卻無視她的請求去救瀨良，之後又救了穗刈。全都是會袒護你的傢伙。也就是說男蘆原，你為了讓自己能在這個避難處拿下指揮權而選擇拯救自己喜歡的對象。諸沒有被你選中。所以逃到後場並且死在那裡，事情就是這樣。」

以冰冷口氣這麼說完的須鴨，雙眼發出淡淡紅光——佑馬有了這樣的感覺。

關於諸死亡的狀況，其中有明顯誤認的地方。他率先逃向後場，在那裡受到毛蟲襲擊。但佑馬認為現在說這些都沒有用了。

雖然從以前對於佑馬與近健的態度就相當惡劣，但剛才須鴨的言行舉止實在沒辦法只用惡劣來形容。延後拯救須鴨的確是事實，但那是因為判斷他的ＨＰ仍相當多，最後也確實拯救了他。

突然想到三園愛莉亞對於須鴨的說詞不知道有什麼樣的看法，往飲食區看過去後，就跟看起來很不安般站在那裡的愛莉亞眼神對上了。她似乎也覺得須鴨有點不太對勁。

佑馬再次看向須鴨的眼睛。看來覺得雙眼在發光只是自己的錯覺，但跟以前的他確實不太一樣。

「……須鴨，你這傢伙……」
發出沙啞聲音的是近健。在右手拎著榔頭的情況下準備往前走，佑馬急忙抓住好友的手。
「別這樣，近健。」
「但我饒不了那個傢伙。」
拚命把依然想往前的近健拉回來後，這個動作就像成為契機一樣，周圍的學生不斷舉起手來。大野、瀨良、穗刈、清水友利跟曾賀碧衣，其他還有五名以上的學生高高伸直手臂。
但須鴨卻用力敲著櫃檯並且表示：
「已經夠了。所有人起動ISSS的投票工具。」
ISSS是「整合學習支援服務(Integrated Study Support Service)」的簡稱。這個應用程式安裝在QLEST裡面，除了主要的五種科目之外，也支援製圖、音樂、體育課程以及考試與回家作業，在無數的附加機能當中也包含了投票工具。
須鴨應該是想使用這個工具來表決佑馬是否有責任吧。但現在QLEST無法連上網路。這樣的話ISSS的機能幾乎都無法使用才對……才剛這麼想，視界就出現要求無線臨時網路連線的對話框。只要連接附近所有人的QLEST，就能順利使用投票工具。
按下接受連線，起動投票工具之後，就有粗字顯示著須鴨設定的標題。
「匿名投票：認為諸的死是蘆原佑馬害的↓〇　認為不是↓×」

下方是○×的按鍵，以及設定為短短三十秒的投票時間。

佑馬立刻按下×的按鍵，然後等待時間經過。

雖然多少還是會感到不安，但實在不認為目前在這裡的二十二個人——不對，除了佑馬跟須鴨之外的二十個人會有過半數按下○。諸的死因無論怎麼想都是血被毛蟲吸乾所致，認為佑馬是刻意不去救他完全是以小人之心度君子之腹。其他學生一定了解這一點……須鴨本人其實也知道才對吧。

那為什麼須鴨還要發起這場投票呢？

視窗下側，數位數字一個一個減少，最後變成零。

○×按鍵變化成顯示結果的按鍵。

甩開剎那間的猶豫，佑馬按下了按鍵。視窗只有一瞬間閃過雜訊——然後整個畫面就顯示出代表佑馬有罪的巨大○。

11

廣大的主大廳還是沒有人類，以及人類之外生物的氣息。

即使如此，佑馬還是慎重地確認著周圍，然後前往梯廳。

小隊構成回歸跟遊戲測試時一樣，是由戰士、魔物使、魔術師以及僧侶所組成。不過僧侶不是小凪而是清水友利。

「……抱歉，清水同學，把妳捲進我們跟須鴨的爭執之中。」

背後的佐羽像是感到很不好意思般道著歉，結果友利就發出輕笑回答：

「我才不是被牽連呢，是我自願要一起來的。而且……剛好趁這個機會，不要再叫我『清水同學』了吧？」

「咦……那……友利。」

「再簡單一點。」

「……小友。」

「嗯，那就這樣吧。我就叫妳小羽喔。」

「嗯……倒是……」

這時先是吞吞吐吐了一陣子，佐羽才繼續表示：

「……想不到小友是溝通技能很不錯的人。啊，『想不到』這幾個字太失禮了。」

「呵呵，一點都不會喔。在教室裡我都是自己一個人在看書，所以當然會被這麼認為。」

友利再次發出輕笑。

不應該偷聽女孩之間的對話——心裡雖然這麼想，但佑馬還是忍不住豎起耳朵聽著她們兩個人說些什麼。因為他知道佐羽其實也有怕生的一面存在。如果友利沒有自願一起過來的話，佐羽絕對不會主動拜託她同行吧。當然佑馬也是一樣。

須鴨光輝對投票工具宣告有罪的佑馬宣判了刑罰。

也就是「確保食物」。

一聽到他這麼說時，大感意外的佑馬只浮現「就為了命令我做這種事而大費周章開設班級法庭嗎」的想法，但仔細一想就發現這絕對不是簡單的任務。必須離開塞住換氣管並且強化了街壘後暫時確保安全的避難處，在不知道還有什麼怪物徘徊的Altair內探索。假如遭到比尖頭巨怪還要強的怪物襲擊，絕對不是沒有全軍覆沒的可能性，應該說所有人都喪命的機率大概有三成左右。

雖然不清楚清水友利為什麼會自願參加這種極度危險的探索任務，不過在爬上樓梯之前還是必須把這件事情傳達給她知道。

這麼想的佑馬，在無人的購票櫃檯前停下腳步，回過頭去表示：

「那個……清水同學。如果一起來的理由是因為受到毛蟲襲擊時我最先救了妳的話，那麼妳完全不用覺得欠我人情。那只是覺得應該以僧侶為優先……」

好不容易把話說到這裡，結果不只是友利，就連近健都露出苦笑。

「嗯……蘆原同學，我覺得剛才那是不用說也沒關係的事情。」

友利的指謫讓近健與佐羽點頭表示同意。佑馬輕輕戳了一下好友的側腹，說了句「別得意忘形」後才繼續說明：

「不過，我是真的認為不用還人情，希望妳只要感到危險就以自己的安全為優先。我、佐羽還有近健都有人可以取代，但僧侶的清水同學跟曾賀同學就……」

「好了好了，我知道了，老師。」

像惡作劇般打斷了佑馬的話後，友利突然一臉嚴肅地表示：

「……我記得茶野同學也是僧侶吧？遊戲測試剛開始時，好像看到她的初期裝備跟我一樣。」

「咦……嗯……嗯，是啊。」

「這樣的話，能跟茶野同學會合就放心多了……會不會是跟藤川同學、灰崎同學一起到三樓去了呢……」

「…………」

無法立刻回答的佑馬伏下視線。

小凪的Caliculus，不論是外側的緊急開放拉桿還是內側的緊急脫離用拉桿都沒有使用過的跡象。這也就表示，她是在Caliculus蓋子關上的情況下，宛如密室機關一樣消失無蹤了。

但也有可能是佑馬他們弄錯了什麼。小凪以內側的緊急拉桿打開蓋子，從Caliculus出來後仔細地關上蓋子，再利用某種手段將拉桿重置，然後跟其他學生到三樓避難……也有這種可能性。

佑馬帶著但願是這樣的希望點了點頭。

「嗯……確實有這種可能。」

「這樣的話，得快點去找她才行。」

一這麼說完，友利就瞄了一眼大廳東側——也就是購物區的方向，接著說出意料之外的發言。

「然後呢，如果她跟藤川同學等人在一起的話，我們也離開須鴨同學的避難處跟他們會合可能比較好。」

「咦……？」

「因為……我無法原諒須鴨同學還有票投○的人。諸同學過世固然很讓人遺憾，但那怎麼想都不會是蘆原同學的責任。」

「…………」

佑馬再次說不出話來。

避難處裡的學生半數以上認為諸的死亡佑馬必須負責確實令人震驚，也有種遭到背叛的感覺。但還是無法輕易捨棄他們。至少大野、瀨良跟穗刈值得信賴，也認為他們是朋友。關於這一點，友利應該也是一樣才對。

「但是……避難處還有津多同學跟曾賀同學在……」

佑馬的話讓友利用力點了點頭。

「我知道。我也相信小聖、碧衣還有三美。所以如果上面有另一個避難處，我們就先回須鴨同學的避難處，然後跟小聖她們搭話，再偷偷地……」

「小友，先等一下。」

佐羽突然插話進來。但她不是為了幫友利有些太過激烈的提案踩剎車。

「小佑也聽我說。待在避難處裡的學生是二十二個人對吧。然後從裡面扣掉絕對會投○的須鴨跟絕對會投×的小佑後還有二十個人。我、近健、小友應該投×對吧……這時候再加上大野、瀨良、穗刈、津多同學、曾賀同學、針屋同學，還有在法庭上幫小佑辯護的見城同學，已經是半數的十個人了喔。你們覺得剩下來的十個人有可能全部都投○嗎……？」

「嗯……嗯嗯～～？」

發出沉吟的近健，折著兩手的手指列舉出姓名。

「剩下來的十個人，男生是受傷的多田跟會田，跟諸玩在一起的瀧尾和若狹，然後是木佐貫吧。然後女生有江里同學、下之園同學、主代同學、野堀同學還有三仔……三園吧。木佐貫跟三園應該會投○。瀧尾跟若狹也因為諸的死而受到打擊，可能會信了鴨仔的歪理。但是……剩下來的六個人真的會相信那種鬼話嗎……」

聽他這麼一說，確實是這樣沒錯。

江里唱子、主代千奈美跟三園愛莉亞是感情很好的辣妹集團，所以開始班級法庭時可能已經受到籠絡。但是下之園麻美跟野堀君子是性格冷靜的類型，多田跟會田雖然喜歡搞笑，但嚴重的傷勢能夠痊癒都是靠友利幫他們施加回復魔法。實在很難相信他們四個人全都投○。

「啊，等一下等一下！」

佐羽突然大叫。立刻又壓低音量快速地說道：

「是我搞錯了。ＩＳＳ的投票工具如果是平手就會顯示平手。投×的是十個人……加上小佑是十一個人的話，至少不會判定為○才對。」

「……那為什麼會顯示出○呢？須鴨同學對投票工具動了手腳嗎？」

面對友利的問題，佑馬原本打算說「怎麼可能」，但最後還是閉上嘴巴。

就算功課很好，爸爸又是社長，還是不認為須鴨擁有駭進ＩＳＳＳ的能力。但現在的Altair受到超常力量支配。目前是不論發生什麼事都無法說絕對不可能的狀況——而且須鴨的那雙眼睛。從眼睛深處發出淡淡紅光的異樣眼睛……

「……現在沒辦法說什麼。但還是先認為有這種可能性比較好。」

對友利如此回答之後，佐羽就再次看向避難處。

「還有，我認為就算須鴨沒有動什麼手腳，或者投〇的學生真的過半數，從那邊帶著大野同學跟曾賀同學他們移動到其他避難處相當危險。不是對我們，而是對於被留下來的那些人來說。」

一聽佐羽這麼說，友利眨了好幾次眼睛後才很羞愧般伏下視線。

「說得也是……雖然心情上無法原諒投〇的人，但我不至於希望他們全部死掉，也不願意他們失去生命。但是，唯一請記住這件事情。就是蘆原同學完全沒有理由遵從須鴨同學的命令喔。」

平常被眼睛隱藏住的眼睛發出毅然的光芒，友利堅定地這麼表示。

佑馬緩緩點頭，然後借用了友利剛才的答案。

「我知道了，老師。」

結果友利先是做出要輕輕揍佑馬一下的動作，然後才像是要表示法庭的話題到此結束般拍了一下手。

「那麼……我們去找食物跟茶野同學吧。」

「那個……小友，關於這件事情……」

說出這樣的開場白後，佐羽環視了一下無人的大廳，然後才打開選單視窗。移動到道具欄，把其中一個內容物實體化。

出現在視窗上的是塑膠包裝的梅乾飯糰。

看見飯糰後友利只是瞪大了眼睛，近健卻大叫了一聲「飯糰！」，於是佑馬再次輕戳了他一下讓他安靜下來。佐羽從飯糰上面輕碰了一下將其再次收納後，就重新轉向友利表示：

「其實我們到鴨仔避難處之前，已經在Altair的職員用後場找到水和食物了。所以只要在附近殺點時間就能回避難處去，不過既然有這個機會，我想利用時間來尋找小凪。小友，妳能幫忙嗎？」

「當然了！」

友利沒有一絲猶豫就立刻點頭。

四人橫越梯廳進入樓梯間後，豎起耳朵聽了一陣子。空調應該也停住了，不過還是聽見細微風吹過般的聲音。由於似乎沒有什麼危險，便由近健率先爬上樓梯。

二樓的梯廳仍殘留著大量玻璃碎片以及三浦幸久的血跡。看見血跡的友利，臉龐雖然扭曲了起來，但是沒有露出害怕的模樣。

被推倒的自動門後方是一整片廣大的1號遊戲室。微暗當中整齊排成一圈的無人Calicululus簡直就像墓碑……佑馬甩開這樣的聯想，開口對友利問道：

「清水同學，遊戲測試在異常狀態下結束，來到Calicululus外面時，那裡只有一班的學生在對吧？」

「這個嘛……嗯，是啊。噢，對喔……沒有任何一個大人玩家確實很奇怪。」

友利也感到很納悶般皺起眉頭。

沒錯。這間1號遊戲室裡設置了八十座Calicululus，當中由六年一班學生使用的有四十一座，相減後可以知道有三十九座收納了由其他管道招待來到此地的成人測試玩家。友利他們來到外面時，那裡應該有許多大人才對，實在無法說明為什麼連一個大人都沒有。

但真要說的話，現在的Altair盡是一些無法說明的事情。探索其他地點的話，或許可以發現一些其他的線索吧。

這麼想的佑馬催促著其他三個人。

「到上面去吧。可能有怪物在，遭到襲擊的話就『不要逞強直接逃走』。」

「說起來那應該是『珍惜生命』吧。（註：指電玩遊戲《勇者鬥惡龍4》內的行動模式）」

用力推著耍嘴皮子的近健背部，回到樓梯間後往三樓前進。

由於遊戲的天花板高度大約有雪花國小教室的三倍，樓梯也因此而多了一個樓層，也就是多達六十階的分量。如果是以前的佑馬，可能爬不到一半就氣喘吁吁了，但或許是轉職帶來的恩惠吧，現在甚至呼吸都沒有加快。

不快點脫離Altair的話，等回復成原來的身體時會很辛苦吧……佑馬內心想著這些事情並且快步爬上階梯，接著就來到三樓。

首先從樓梯間窺探梯廳的模樣，自動門果然遭到破壞，地上散落無數的玻璃碎片，不過完全聽不見生物發出來的聲音。

默默互相點點頭後，近健就率先離開梯廳，在盡可能不踏到玻璃的情況下小心翼翼地橫越該處。

首次見到的2號遊戲室，模樣跟樓下的1號遊戲室幾乎沒有兩樣。微弱的緊急照明是唯一的光源，有不少的Caliculus遭到破壞，殘骸散落在通道上。

佑馬再次以眼睛跟耳朵探查氣息後才踏入圓形通道。環視周圍，發現尺寸跟被尖頭巨怪折斷的那根類似的平形鋼材，於是把它撿了起來。接著又撿到一根長一公尺左右的鋁管，估計重大約三百公克，然後把它交給友利。

「這個可以拿來代替法杖嗎？」

「啊……嗯，很不錯。有法杖的話射程也會增加，另外可以躲在物體後面發射魔法，幫助真的很大，謝謝你。」

這麼說完就很高興般握住鋁管的友利，看起來不像僧侶，比較像是「破壞衝動覺醒後的文學少女」，不過佑馬至少懂得這不是能夠說出口的話。

「那先在外圈通道繞一圈看看吧。」

對三個人這麼搭話完，就再次讓近健打前鋒，以逆時針方向在圓形通道上前進。

這個房間裡應該也有八十名遊戲測試玩家才對。很難相信他們所有人都移動到樓上而不是有出口的一樓。實際上，大廳確實躺著一些被尖頭巨怪殺害的成人屍體，不過記得數量應該不到十具。有更大量的——考慮到遊戲室一直到9號，就覺得就算有數百名大人下到一樓也不是什麼不可思議的事情，他們，或者是他們的遺體究竟到哪裡去了？

佑馬思考著各種可能性，在圓形通道上走到一半時。

由於眼前的近健突然停下腳步，佑馬的鼻子差點就要撞上他的背部。

「喂，別突然……」

在說出「停下來」幾個字之前，就傳出經過壓抑的「噓！」一聲。

佑馬立刻讓身後的兩個女孩子停下腳步，然後自己來到近健的左側面。

下一個瞬間，他的喉嚨差點發出悲鳴聲，好不容易才把它吞回去。

略呈弧形的通道牆壁邊，有人癱坐在那裡。而且不只一個人。以雙臂抱住膝蓋，也就是所謂抱膝坐姿勢並排著的人類數量有十——不對，多達二十人。

大概全都是大人。身上的服裝都不一樣，可以看到穿著休閒連帽衫以及西裝筆挺的男性，其中交雜著身穿時髦洋裝與Altair制服的女性，但所有人都完全保持著同樣的姿勢，以空虛的眼睛注視著前方的一點。

佐羽跟友利也看見大人們排成的隊伍了吧，可以聽到身後傳來兩聲猛烈吸氣的聲音。眼前的光景異樣到四個人當中沒有人發出悲鳴根本是不可思議的程度。

說不定是在這個房間裡遭到怪物襲擊而存活下來的人。或許是受到精神上的打擊而無法動彈。

如此推測的佑馬，下定決心後往前走出幾步，小聲對著最前面的男性搭話。

「那個……沒……沒事吧……？」

原本過了一陣子都沒有反應，最後男人僵硬地把臉轉向左邊來往上看著佑馬。

大概是三十多歲吧，下半身是牛仔褲上半身是連帽衫，頭上還戴著一頂棒球帽。下巴附近留著修剪得相當整齊的鬍鬚，給人相當活潑的印象，但表情卻是一片虛無。

男人的嘴巴抖動著，發出莫名扭曲的聲音。

「肚子……餓了。」

「啊……那個，我有一些能充飢的輕食，我們先離開這裡，到一樓大廳……」

佑馬好不容易說到這裡時，男性的嘴巴再次動了起來。

「肚子……餓了。」

一模一樣的言詞。接著又說了一次。

「肚子……餓了。」

第三次的聲音包含著刺耳的泛音。遲了一會兒才注意到，右鄰的女性以完全相同的速度與長度說著同樣的話。

「肚子……餓了。」

「肚子……餓了。」

「肚子……餓了。」

聲音就這樣不斷往旁邊的人傳遞下去。轉眼間二十個人就開始持續重複著同樣的話語。

「喂……小佑，好像有點奇怪。我看還是先逃走比較好吧。」

由於後面的近健這麼呢喃，佑馬也回了一句「知道了」。做出「不要逞強直接逃走」這種決定的就是佑馬自己，而現在應該就是那個時候。

近健也一點一點退後，終於來到佐羽她們所在的位置——剎那之間。

迸發出無數漆黑混濁，但是鮮明到足以貫穿眼睛的紅光。

「嗚……」

佑馬把臉別開確認光源。發出光芒的是抱膝坐的大人們左手手背——是ＱＬＥＳＴ。二十個人全都發出同樣的顏色。但不可能有這種事情。ＱＬＥＳＴ的發光色是在購入時能從一百種以上的顏色中自由選擇。就機率來說，只是碰巧在這裡的二十個人，身上的ＱＬＥＳＴ發出同樣光芒是不可能的事。

但是，真正不可能的事情是在這之後才發生。

大人們排成的隊伍，長度迅速縮短。在維持抱膝坐的姿勢下與旁邊的人距離變小，呈現身體擠在一起的狀態。一開始二十個人足有二十公尺左右的隊伍，馬上剩下十公尺，然後是五公尺。

五百除以二十是二十五。一名大人的寬度是二十五公分。

茫然進行著這樣的心算後，佑馬才注意到。

紅色閃光當中，大人們正逐漸互相融合。衣服、身體都像黏土般融化、混合並且一體化。

「……快逃！」

佑馬以最大的音量這麼叫著，然後開始從通道往梯廳的方向跑去。

眼前是佐羽跟友利，右鄰是近健，四個人聚在一起往前衝刺。背後的紅光急遽變淡。

光芒完全消失，一瞬的寂靜籠罩現場——

突然間，通道的地板產生強烈的震動。

腳步因此不穩的友利跌倒。佐羽立刻幫助她起身，當四個人再次準備逃跑時，一道巨大影子越過他們頭頂。

發出「滋嗯——！」的巨大聲音掉落在通道上的，是長與寬都達兩公尺以上的灰色肉塊。

記憶裡存在那種富有彈性的質感。但是不想承認。就像要嘲笑佑馬「不要啊，別再來了」的願望一樣。

肉塊從左右兩邊長出兩條異常粗大的手臂。

從下部伸出兩條宛如大象般的腳。

接著從上部尖銳的前端伸展出長將近一公尺的圓錐形頭顱。

尖頭的肥胖巨人。但是身高把頭頂部算進去的話應該達三公尺半。比身高一百五十二公分的佑馬整整高出二・三倍。

巨人引起的震動讓小隊成員友利跌倒，或許是因此而受到一點傷害吧，只見牠的頭上出現HP條。顯示的專有名稱是「尖頭毀滅者」。不會錯了——那是佑馬他們殺死的尖頭巨怪的上位版。

絕對不是能用戰鬥解決的傢伙。但是通道完全被巨人肥胖的胴體堵住了。

同樣沒有眼睛與鼻子的頭顱底部張開一條裂縫般的嘴，發出「噗咻嗚嗚嗚……」這種近似笑聲的吐息。

腦袋中心逐漸麻痺。但是麻痺的理由有一半以上不是因為單純的恐懼。

眼前的怪物——尖頭毀滅者的原始材料是二十個人類。佑馬親眼見到二十個成人連同服裝一起融化、融合，最後變成跟毀滅者同色肉塊的模樣。

這樣的話，尖頭巨怪應該也是一樣吧。一樓大廳的大人那麼少的理由之一絕對就是這個了。從上層逃過來的一部分大人變身後殺掉周圍的人。不對——說不定吸血毛蟲，也就是地獄蠅幼蟲原本也是人類。

……我殺了很多、很多的那個。

無法接受這個事實而僵在現場的佑馬，耳朵裡聽見細微的聲音。

「……小佑。」

以顫抖的聲音這麼呼喚的是近健。一看之下，他握住榔頭的雙手正不停地發抖。

但近健還是以僵硬的動作試著往前走出一步。這都是為了保護站在兩人一公尺前方的佐羽跟友利。

——不是呆站著的時候。其他事情之後再想吧！

在內心對自己這麼怒吼，好不容易讓腦袋重新起動的佑馬，這時以沙啞的聲音大叫：

「……往後面逃走！」

下一個瞬間，友利就轉頭跑了起來。

兩個人通過兩側之後，佑馬跟近健也同時轉過身子。通道繞遊戲室的外圈一圈並且連結梯廳。如果巨人追上來的話，就先抵達梯廳然後用階梯逃走。

但三秒鐘後這樣的計畫就崩壞了。

道路中央開了一個巨大的洞穴。一定是遭到尖頭毀滅者跳了將近十公尺時的反作用力所破壞。呈隕石坑狀凹陷的樓層地板邊緣，就像是鐵刺網一樣朝通道凸出，沒辦法輕鬆通過——震動的地板發出「滋嗯、滋嗯」的聲音。巨人放射出來的無底飢餓感，變成某種波動壓了過來。

「嗚……哦哦啊啊啊啊啊——！」

近健突然大叫了起來。

雙手舉起殊死椰頭，再次回過頭朝著巨人衝去。

「不……」

根本沒有叫出「不要啊」的時間。

瞄準尖頭毀滅者的左腳，近健用盡渾身的力量將椰頭往下揮落。

但巨人宛如岩塊般的左拳，以往上撈的姿勢從正面做出攻擊。

傳出「咚喀！」的沉悶聲響，近健的身體以極快的速度通過佑馬右側，猛烈撞上遙遠後方的牆壁。顯示在視界左上角的近健HP條瞬間消失將近九成。

「啊……啊啊啊啊！」

佑馬口中發出吼叫。

雖然魯莽，但不能白白浪費近健的勇氣。無論如何都一定、絕對要讓佐羽跟友利逃走。

往地板踢去後，佑馬朝著巨人奔跑。

憑佑馬手上的鋼材，應該沒辦法給巨人造成任何傷害。能做的就只有成為誘餌來吸引巨人的注意力。由於毀滅者比巨怪大了一圈以上，所以胯下有很大的空間。以滑壘動作鑽過該處，然後再次將巨人誘導到出口的方向。

佑馬瞬時決定方針，擠出僅剩的勇氣往巨人的腳邊衝去。

剎那間，感覺巨人在遙遠的高處咧嘴笑了一下。

宛如早就看穿佑馬的作戰一樣，毀滅者在完美的時機下將右腿往後拉，然後隨腳一踢。

彷彿將小時候從自宅圍牆掉到柏油路面時的衝擊放大數十倍般難以置信的撞擊襲向佑馬。他感覺反射性舉起抵擋的雙臂已經骨折，同時呈銳角被轟飛。猛烈撞上牆壁高處後掉落到隕石坑的另一邊。

在層層模糊的視界當中，唯一看得清楚的HP條無聲地減少。但是佑馬完全不看它的變化，只是拚命把雙眼的焦點放在數公尺前方靠在一起的佐羽跟友利的背部。

…………快逃啊。

…………快逃啊。

已經連沙啞的聲音都發不出，只能在內心一直這麼祈求。

兩人的後面，巨大黑影正左搖右晃地靠近。

宛如裂縫的嘴巴裡面不停滴下大量的口水。黑色長舌頭則不停舔著這些口水。

——快逃啊！

拚命維持住逐漸朦朧的意識，佑馬再次這麼祈求。

下一刻——佐羽筆直地抬起右手，開口叫著：

「——來吧，華列克！」

完全不懂那是什麼意思。

但那就像某種關鍵字一樣，佐羽隨即從全身迸發出鮮紅光芒。

短髮劇烈飄動，防風上衣自行脫下來飛向空中。

從頭上伸出兩根細長的突起。那是角。原本出現在太陽穴上面，只有短短三公分的渾圓突起，逐漸變成長達二十公分的銳角。

同時背部的翅膀也產生變化。原本像是裝飾的蝙蝠翅膀，發出「啪沙！」一聲後巨大化為直徑一公尺的翅膀並且整個張開。

「噗咻嗚嗚嗚嗚嗚！」

巨人發出應該是驚訝的聲音並且停了下來。

但立刻就以比剛才更快的速度跑了起來。就像是要同時抓住佐羽跟友利一樣，把雙手往前伸朝兩個人逼近。

佐羽把左臂繞過呆立在現場的友利身體，然後拍動了一次翅膀。

兩人的身體輕輕地浮起，直接背對著跳過隕石坑，降落在佑馬的眼前。

放開友利後，佐羽再次上升。這次盤旋到距離地板三公尺左右的高度，對著發出地鳴猛衝過來的巨人伸出左手。

「Infernus！」

雖是佐羽的聲音，但那是帶著些許異質聲響的凜冽詠唱。成為魔法起點的屬性詞——但是佑馬不知道這種咒文。

從佐羽的左手延伸到肩口的QLEST電路圖，彷彿燃燒起來一樣發出紅紫色光芒。

左手前面生成鮮紅光點，光點剎那間膨脹成足有平衡球那麼巨大的火球。明明只是詠唱型態詞之前的新鮮魔力，卻比導覽的附加影像中最上級的火屬性魔法「大火球(Bolide)」的完成形巨大許多。

「Magnus Hasta！」

型態詞。捲動的火球瞬間伸長為細長狀，形成一把全長三公尺的大長槍。

尖頭毀滅者被自己踩出來的隕石坑絆到而腳步踉蹌。

就像早就看準這個時機一樣——

「Ignis！」

揮灑著宛如暴風雨般的大量火屑以及彷彿讓整個Altair晃動的巨響，火焰大槍射擊了出去。

火焰大槍深深貫穿尖頭毀滅者胸口中央，直接陷入牠巨大的身體當中。

雙手大大張開的毀滅者，彷彿從其高達三公尺半的巨軀內側開始沸騰一樣冒泡並且膨脹，各處開始燒焦——下一刻，從牠張大到極限的嘴裡噴出火柱。另外肩膀、肚子、背部也不停有火柱噴出，最後巨人全身被捲動的火焰吞沒。

「噗咕啊啊啊啊啊啊啊！」

充滿憤怒以及應該是驚愕的臨死叫聲，被毫不間斷的爆炸聲掩蓋。

從變得更深更大的隕石坑裡，竄起幾乎到達天花板的粗大火柱。紅蓮烈火之中，尖頭毀滅者的巨體被燒得崩解，連碳化的碎片都變成白色火花消失了。

以熊熊燃燒的火焰作為背景，佐羽無聲地飛下來。

與ＱＬＥＳＴ相似的紅紫色頭髮，以及從該處伸出單邊各有三隻的尖角。驕傲地攤開的漆黑翅膀。還有紅中帶著金色光芒的眼睛——

從佑馬逐漸模糊的意識深處，浮現出一個古老的名詞。

「惡魔（Demon）」。

（待續）

雪花小學六年一班　點名簿

Ver.1.0

女生

導師　蝦澤友加里

座號	姓　名	性別	職　業	備　考
1	蘆原佐羽	女	魔術師	蘆原佑馬的雙胞胎妹妹。
2	飯田可南實	女	不　明	隸屬於游泳社。
3	江里唱子	女	不　明	個性溫吞。
4	見城紗由	女	不　明	將來的夢想是成為偶像。
5	茶野水凪	女	僧　侶	蘆原兄妹的青梅竹馬。
6	清水友利	女	不　明	圖書股長。
7	下之園麻美	女	不　明	喜歡黑魔術。
8	曾賀碧衣	女	不　明	擅長製作點心。
9	近森咲希	女	不　明	崇拜時髦的藤川憐。
10	津多千聖	女	不　明	飼育股長。
11	寺上京香	女	不　明	一班女生的領袖。
12	中島美鄉	女	不　明	隸屬於芭蕾舞社。
13	主代千奈美	女	不　明	一班的女生裡個子最小。
14	野堀君子	女	不　明	喜歡哥德蘿莉裝扮。
15	針屋三美	女	不　明	老家在京都，喜歡和菓子。
16	藤川憐	女	不　明	對綿卷澄香抱持對抗心的美少女。
17	邊見花梨	女	不　明	喜歡占卜。
18	三園愛莉亞	女	魔術師	一班女生裡最像辣妹。
19	目時志壽	女	不　明	正在學習劍道。
20	湯村雪美	女	不　明	討厭自己，希望能夠改變。
21	綿卷澄香	女	僧　侶	是班上眾人的偶像。

男生

座號	姓　名	性別	職　業	備　考
22	會田慎太	男	不　明	喜歡卡片遊戲。
23	蘆原佑馬	男	魔物使	學業與運動方面都很普通。
24	大野曜一	男	戰　士	籃球社的隊長。
25	梶明久	男	不　明	想成為直播主。
26	木佐貫櫂	男	不　明	隸屬於足球社。
27	近堂健兒	男	戰　士	蘆原佑馬的好友。
28	須鴨光輝	男	戰　士	足球社隊長兼班長。
29	瀨良多可斗	男	不　明	喜歡滑板。
30	瀧尾昌人	男	不　明	喜歡動畫、遊戲、漫畫。
31	多田智則	男	不　明	喜歡卡片遊戲，跟會田慎太是好友。
32	遠島修太郎	男	不　明	從事虛擬貨幣的交易。
33	二木翔	男	不　明	跟灰崎伸是好友，成績優秀。
34	布野龍吾	男	不　明	跟目時志壽在同一間劍道場學習。
35	灰崎伸	男	不　明	學年第一名的秀才。
36	穗刈陽樹	男	不　明	喜歡滑板，跟瀨良多可斗是好友。
37	三浦幸久	男	不　明　死亡	隸屬於籃球社。
38	向井原廣二	男	不　明	具備編輯影片的技能。
39	諸雄史	男	不　明　死亡	喜歡聲優。
40	八橋惠之介	男	不　明	市議會議員的兒子。
41	若狹成央	男	不　明	軍事宅。

後記

大家好，或者是初次見面，我是川原礫。感謝購買這本《惡魔紋章1 現實S侵蝕》。

本作品的定位是我在電擊文庫首次推出的完全新作（意思是並非網路連載作品的書籍化）。話雖如此，還是到處可以見到「完全潛行」或者「ＶＲＭＭＯ」等熟悉的關鍵字，不過是調性跟《加速世界》以及《ＳＡＯ刀劍神域》有很大差異的作品……我個人是這麼認為，不知道大家有什麼看法？

那麼，在提到本篇內容之前，請先讓我說明為什麼會在這個時間點推出新的系列。

挖掘我手邊《惡魔紋章》最古老的發想筆記後，發現時間戳記是二〇一六年十一月。也就是說我其實是在六年前就構思了這部作品。從「被關在密閉空間裡的一整班小學生以逃離為目標互相合作、爭吵的故事」這個單純的點子一點一點發展劇情，同時跟責任編輯商量各種事情並且不斷提升完成度，完成某種程度的大綱是在三年後，也就是大約二〇一九年左右吧。

但是當時增加了許多小說創作之外的工作，既有的系列《加速世界》《ＳＡＯ刀劍神域》《絕對的孤獨者》的出版速度也變得緩慢，實在不是一個開始新系列的好時機。因此決定在某個系列完結前先擱置《惡魔紋章》，之後一轉眼三年就過去了。

來到今年，也就是二〇二二年，既有的系列也完全沒有要完結的感覺，照這樣下去可能還得再花三年……原本是這麼認為，但是某一天，出道時是我的責任編輯，目前是Straight Edge股份有限公司社長的三木一馬先生對我做出「最近要開始Webtoon（WT）事業，要不要將惡魔紋章WT化呢」的提案。

我本來就對Webtoon這個新表現手法有興趣，於是立刻表示「很樂意讓惡魔紋章成為原作」並且答應了提案，不過三木先生的提案其實還有後續，也就是「在WT化的同時也在電擊文庫出版小說吧」……老實說，關於這個部分我是有點猶豫。正如我剛才所說的，在既有的三個系列尚未完結的狀況下開始推出新系列的話，我很擔心各方面都會超過負荷。

但是配合WT的連載開始確實是最佳的出版時機。考慮到需要準備期間，因此根本沒有讓我好好猶豫一番的時間，最後讓我下決心做出判斷的是WT製作小組所畫的幾張構思草稿。那裡畫著成為作品舞台的兩個世界——鮮明地重現了VRMMO-RPG「Actual Magic」跟大規模遊樂設施「Altair」的情景，讓我產生「我也想用自己的筆來描寫在這個舞台活躍的佑馬等人！」這樣的心情。當然負荷量的問題點仍未解決，但已經無法壓抑開始在腦袋裡躍動的佑馬與佐羽等人了。在他們小學生特有的，充滿元氣的能源支持之下，我決定要在二〇二二年的十一月推出《惡魔紋章》第一集。（註：此指日版出版時間）

接下來就是怒濤般的日子。由於原本就決定十月要出版《ＳＡＯ刀劍神域》第二十七集，所以要盡快完成它的原稿，然後早點開始《惡魔紋章》第一集……原本是訂下這樣的計畫，但是接連不斷累積起來的各種任務讓計畫老早就失敗，跟平常一樣在千鈞一髮之際才完成ＳＡＯ第二十七集，然後才寫完這本惡魔紋章第一集，現在像這樣寫著這篇後記。

非常令人高興的是，堀口悠紀子老師接下了包含ＷＴ在內的《惡魔紋章》角色設計與文庫本的插畫。堀口老師親手創作的佑馬、佐羽、近健、小凪還有澄香等其他班上同學具備了無上的魅力，讓身為作者的我都有「想快點看到後續！」的心情。我想諸位讀者應該也會有同樣的感覺才對。

好了，那麼讓我們來稍微聊聊本篇故事吧。

首先，關於《惡魔紋章》這個標題……其實從六年前構思的時候開始，本作就一直是用另一個暫定標題（像是〇〇〇 Code之類的）。ＷＴ版的企畫正式開始運作後也一直是用那個稱呼，等到要正式決定書名時，就陷入不論擠出什麼樣的標題，感覺就是不太對的狀況，責任編輯甚至說了「乾脆把暫定標題拿來當成書名……」的發言，某一天我突然看到本文中的「具有『紋章』或者『頂點』意思的英文單字Ｃｒｅｓｔ」這樣的文章，才剛想著「那就是『某某』紋章」了吧，就靈光一閃覺得「某某」的部分一定是「Demons'」，幸好責任編輯跟ＷＴ小組也都很喜歡這個名字，所以本書才會是這個標題。英文是「Demons' Crest」，也就是「惡魔們的紋章」這樣的意思吧。

接下來是關於內容的部分……這邊變成不論寫什麼都會提到今後劇情發展的狀況（笑）。嗯，不過系列的第一集通常都是這樣……因此就想寫些辛苦的創作過程來把事情帶過。總之呢，要創作雪花國小六年一班四十一名學生的設定真的很辛苦！

在許多訪談裡面都提到過，我本來就不擅長也不喜歡從角色設定開始創作。想把重點放在書寫故事之中該角色登場時的靈感……這麼說的話好像太過惺惺作態，總之就是並非「作者在世界裡創作出角色」，而是想等待「角色自己出現在世界之中」。因此說句老實話，我原本是想在沒有角色設定的情況下開始創作，但這部作品在初期就已經創作了摘要，所以那個時候就必須把所有角色固定下來，我記得是費盡苦思才決定了四十一個人的名字、性格等設定。不過這些設定之後會在WT化時提供很大的幫助，所以事先完成設定資料真的是很重要的一件事呢（笑）。

提到設定呢，本篇中佑馬他們詠唱的魔法咒文也很累人。當然設定成單一的虛構言語就會輕鬆多了，不過我不但做了「屬性詞」和「型態詞」等複雜的設定，咒文也用了實際的語言作為模型，所以我記得每到了詠唱的場景就得動腦筋一個小時以上來想各種咒文。但這樣的設定在WT版也把「蓄力」↓「發動」的過程畫得相當帥氣，所以辛苦也算有了回報。

最後要稍微聊一下為什麼把主角設定為小學生這件事。

我的小學時期已經是古老的過去，所以記憶相當模糊，但是小學的時候，世界受到許多的限制對吧。在學校裡面，自己的班級就像一個國家那樣，隔壁班好像已經是外國……但班上的人際關係也因此而變得複雜且不固定，我記得到處都發生某種緊張狀態。想要描寫被關在密閉的「Altair」裡的四十一個小孩子，在被至今為止的累贅束縛之下同心協力或者發生衝突的模樣——這就是本作的出發地點，不過呢，依照我這個人的個性，之後不知道會發展成什麼樣的故事就是了。請各位務必帶著搭上暴風雨中小船的心情來追這部作品！

寫了這麼多，最後還是要獻上簡單的謝詞。

以生動、纖細且琢磨的筆致創作出活生生角色的插畫家堀口悠紀子老師。幫Webtoon版與小說版搭起橋梁，並且為了雙方同時公開而發揮出三頭六臂般本領的三木責任編輯。同樣是責任編輯，經常幫忙支撐著我快要崩壞的時間表的安達編輯。把Webtoon版創造成超高等級作品的製作小組。以及一路閱讀到這裡的各位。

真的太感謝你們了。我會好好努力，希望《惡魔紋章》第二集不會讓大家等太久，今後也請大家多多給我加油打氣！

二〇二二年九月某日　川原 礫

國家圖書館出版品預行編目資料

惡魔紋章. 1, 現實∞侵蝕 / 川原礫作 ; 周庭旭譯. -- 初版. -- 臺北市 : 臺灣角川股份有限公司, 2024.05
面 ; 公分
譯自 : デモンズ・クレスト. 1, 現実∞侵食
ISBN 978-626-378-928-9(平裝)

861.57 113003078

Kadokawa
Fantastic
Novels

惡魔紋章 1
現實∞侵蝕

（原著名：デモンズ・クレスト1 現実∞侵食）

2024年5月23日 初版第1刷發行

作　　者：川原　礫
插　　畫：堀口悠紀子
設定協力：Whomor
日版設計：BEE-PEE
譯　　者：周庭旭

發 行 人：台灣角川股份有限公司
總　　監：呂慧君
總 編 輯：蔡佩芬、朱哲成
主　　編：林秀儒
設計指導：陳晞叡
美術設計：李思穎
印　　務：李明修（主任）、張加恩（主任）、張凱琪

發 行 所：台灣角川股份有限公司
地　　址：104台北市中山區松江路223號3樓
電　　話：（02）2515-3000
傳　　真：（02）2515-0033
網　　址：www.kadokawa.com.tw
劃撥帳戶：台灣角川股份有限公司
劃撥帳號：19487412
法律顧問：有澤法律事務所
製　　版：尚騰印刷事業有限公司
ＩＳＢＮ：978-626-378-928-9

Demons' Crest Vol.1 GENJITSU∞SHINSHOKU

Edited by 電撃文庫
First published in Japan in 2022 by KADOKAWA CORPORATION, Tokyo.
Complex Chinese translation rights arranged with KADOKAWA CORPORATION.